Gwyneth Karina
Mariposa blanca de ojos azules

Enrique Corrales Segura

Reservados todos los derechos. No se permite la reproducción total o parcial de esta obra, ni su incorporación a un sistema informático, ni su transmisión en cualquier forma o por cualquier medio (electrónico, mecánico, fotocopia, grabación u otros) sin autorización previa y por escrito de los titulares del copyright. La infracción de dichos derechos puede constituir un delito contra la propiedad intelectual.

El contenido de esta obra es responsabilidad del autor y no refleja necesariamente las opiniones de la casa editora. Todos los textos fueron proporcionados por el autor, quien es el único responsable sobre los derechos de los mismos.

Publicado por Ibukku
www.ibukku.com
Diseño y maquetación: Índigo Estudio Gráfico
Copyright © 2021 Enrique Corrales Segura
ISBN Paperback: 978-1-64086-851-9
ISBN eBook: 978-1-64086-852-6

ÍNDICE

Introducción	7
DEL NARRADOR LUCCIANO	9
LAS PROMESAS Y LA METÁFORA DEL FOGÓN	13
PACTO DE FAMILIAS	23
EL INICIO DE UNA CARRERA	32
EL SUEÑO	37
INICIOS	41
FAMILIAS VICENZO - BENEDETTO	46
El IMPACTO	49
PRIMER VIAJE A ITALIA	62
DE REGRESO AL CARIBE	79
SENTIMIENTO DE AUSENCIA	82
LA CONFESIÓN DE ANDREA A ROMINA	84
CARTA DE RICARDO A ROMINA	87
DEL DIARIO DE ROMINA	89
CHARLA DE AMIGOS	92
RECLAMOS DE VALENTINA	96
VIAJE A COSTA RICA	98
LA OTRA COLINA - DEL PRIMER VIAJE A COSTA RICA	118
INCREMENTO DE TIERRAS	131
CAÍDA DE LA ECONOMÍA FAMILIAR	134
EL ANUNCIO	139
VIAJE A LA ISLA DEL TESORO	143
UN VIAJE INIGUALABLE	148
El REENCUENTRO	160
LAS NOTICIAS INTERNACIONALES	162

NUEVOS RECLAMOS DE VALENTINA	163
LA RUPTURA	169
TODO SE DERRUMBÓ	171
UN LEÓN HERIDO	175
LA FAMILIA DE RICARDO	182
LA ENFERMEDAD DE ANDREA	189
AHORA MI OTRO HERMANO	201
OTRA PÉRDIDA PARA ROMINA	207
LUTO EN LOS BOBOS	210
Epílogo	221

DEDICADA A MIS AMIGOS

Romina y Andrea.

Inspirada en hechos reales.

Introducción

DEL NARRADOR LUCCIANO

Una vida y un viaje de cinco años en la historia de cuatro amigos. Un relato recogido entre gozo, sonrisas y lágrimas de una vida cotidiana que giro a giro, con atardeceres y farándula, alboradas y salidas a recreo en el colegio, en un mundo que existía tan normal; tal cual, un mundo paralelo para todos, para el lector y el escritor, para el agricultor y el licenciado, e igual para el que nunca se enteró de que la vida seguía su marcha y continuaba girando y mostrándonos sus noches y días como continuará haciéndolo por tiempo indefinido. Pero durante ese periodo, hay quienes escribieron su propia historia, una historia que contar, mientras miles, quizá millones de relatos, se quedaron sin conocer, sin narrar, sin escribir y sin leer. Todos perdimos a alguien en ese camino: un familiar, un amigo, un conocido o el familiar de algún amigo. Por eso dedico esta obra a todos aquellos que son parte de un cuento que sólo se vive una vez. Lo llamamos vida, la mejor obra de arte que jamás se escribirá y esa obra de arte eres tú, soy yo y todos los seres vivos. La apreciamos, luchamos por ella cuando nos aferramos a un milagro, la disfrutamos y la sufrimos. Con alegrías y tristezas, amores y desamores, la vida sigue su marcha; la tuya, la mía, en especial la de tus seres queridos y la de todos. Quisiera que me contaras tu historia o las historias que conoces, pero nunca acabaríamos de leerlas. Yo empiezo mi narración aquí, con papel y lápiz mirando el Valle D' Aosta, al norte de Italia, con el corazón dolido y las heridas recientes. Muchas veces tuve que detenerme porque con los ojos humedecidos, no podía escribir. Pero todos los sentimientos quedaron en tinta hecha con dolor y lágrimas.

Aquí, en esta colina que ya no mira llegar a los muchachos y a los muchos que a través del tiempo se han reunido para jurarse amor eterno. El viejo árbol de olivo sigue aquí, testigo mudo, pero con marcas en su piel. Bandidos que le marcaron corazones y que sus dueños ya se han ido. Estoy en el punto de salida, corramos y nos vemos en la meta o al final y un poco antes de volver al trabajo, a la escuela y a la costumbre de vivir. Tú decides de qué manera seguirás tu historia, si has tenido alguna transformación, si la estás viviendo o si piensas que la experimentarás después. Yo ya tengo la mía y sé cómo seguir las enseñanzas que nos dejó una preciosa mariposa blanca de ojos azules, endémica, en un trocito de bosque o en la imaginación de su propietario. Me alegro de ver otras parejas venir y revolotear con sus alas al viento cargadas de sueños. Otras historias que empiezan a escribirse y que quizá nunca leeremos. Pero mi historia y la historia de Romina y sus amigos, sí. De esa historia me encargaron a mí y el primer capítulo lo empecé aquí, lo viví aquí, lo escribí aquí y aquí cierro un ciclo de siete años; siete años de amor que seguirán porque así lo decidimos hace un tiempo atrás. Porque lo que llamamos vida, debe continuar en cada uno de los que llegan a este mundo y el cual dejamos girando tal como lo encontramos. Por eso yo decidí cambiar y aprovechar cada día de mi vida. Porque es mi día, como lo vivía quien me inspiró a escribir esta historia, un loco enamorado de la vida; enamorado de sus mariposas blancas de ojos azules. Un loco que amaba con el alma, como él me enseñó, que si amas con la vida, esta se acaba; si amas con el corazón este falla y muere, pero si amas con el alma, este amor será eterno.

Si yo hubiera muerto ayer, hoy no estaría mirando que todo sigue igual. El viento sopla y el río corre, los niños juegan en las plazas libres y alborotados; quizás tras un balón o tras una cometa, esperando regresar a casa al caer la noche para reunirse en familia a la hora de la cena. Sólo algunas almas ya no están y no todo el mundo las echa de menos, solamente quienes se cruzaron en sus caminos y en sus vidas.

Dedicado a mis amigos que perdieron a sus seres queridos en este periodo. Y a todos mis amigos por el mundo que tuve la dicha de conocer. No lo saben, pero ellos son mi inspiración.

Historia adaptada e inspirada en hechos reales.

DEL NARRADOR LUCCIANO

Mis padres y yo sentados en el balcón, contemplando un paisaje que fue nuestro por casi diecisiete años y que ahora debería dejar porque nos trasladaríamos al norte del país. Mi madre es enfermera y mi padre profesor de Matemáticas en la Universidad. Ambos consiguieron una nueva oportunidad de trabajo y nos dirigíamos allí, al Valle D' Aosta, al norte de Italia, frontera con Suiza, al pie de los Alpes y de frente al Monte Blanco.

Milán, es una ciudad encantadora. Mi ciudad natal. La extrañaré, pero igual podré regresar y estudiar mi carrera de periodismo acá. Por ahora debo acompañar a mis padres.

Corría el verano de 2015. Ya establecidos, en ocasiones acompañaba a mi madre a consultas en hogares de familias de alto poder y abolengo en la región. Recorrí muchas propiedades hermosas como sacadas de un cuento de hadas.

En casa de la familia Benedetto esperando a mi madre, estaba allí caminando despacio por los alrededores, por los jardines de la mansión, observando el paisaje y preguntándome… «Si yo fuera pintor ¿cuántos paisajes hermosos pintaría aquí?» —suspirando—, mientras una voz dulce y suave me hizo voltear. Mi corazón es fuerte y joven, de lo contrario me hubiese dado un infarto. En ese jardín y ese maravilloso Edén, que bien podría llamarse El Paraíso, una silueta angelical, tierna y gentil me dijo:

—Dice vuestra madre que ya está lista para regresar.

Y como en mi más dulce sueño… para cuando desperté ya se había ido y no le pregunté su nombre ni me presenté. Apresuré el paso a la entrada de la mansión para encontrarla, pero había desaparecido y en su lugar un hombre alto y de contextura fuerte, de barba gruesa, elegantemente vestido, con una mano en el bolsillo de su pantalón, entreabierta la chaquetilla, mostrando su chaleco y acicalando su bigote, agradecía a mi madre y se despedían.

Intenté de camino que mi madre me dijera algo, me contara algo, algo respecto a la familia, pero no me fue posible. Ella es muy reservada. Mi madre siempre va de prisa, pareciera pensativa, siempre pensando en su trabajo y en mi padre. Sé lo mucho que me aman y los quiero así, ella no es de detenerse a entablar conversación. Saluda y sigue. Es educada, la veo hermosa, es alta, delgada, preocupada por su cabello pero sin mucho maquillaje; gusta de vestidos elegantes, pero en tiempos de trabajo va de pantalón, zapato bajo y cómodo, blusa y su chaqueta de enfermera. Lleva su equipo de emergencias, un bolso o cartera y su celular.

Estoy pensando en aquel ángel que me atendió. Sigo sin entender por qué no he podido sacarme esa imagen de la cabeza por el resto del día, ni de la noche. Deseo que mi madre regrese allí para averiguar un poco más, pero no me ha sido posible. Al siguiente día me apresuré a llegar temprano a mi nueva escuela y acomodado en mi silla, como nos suele pasar siempre en el primer día de clases, me sentía un poco nervioso e inquieto. Entonces escuché de pronto un barullo y miré una luz intensamente celestial que cegó mis ojos; logré escuchar el saludo de la mayoría de los compañeros de clase.

—Hola Romina, bienvenida, ¿cómo has estado?

Mi cerebro me traicionó, se congeló. «¿Romina? Se llama Romina. Aquel ángel que se me apareció en el jardín de su casa». Me sentí extasiado de volver a verla. Qué extraña sensación, también sentí tristeza de saber que ella era como una estrella en el firmamento, imposible de alcanzar. Pensé: «Pero al menos estudiaremos juntos, podré estar cerca de ella. Sí... todo es posible. Seré su amigo» continuaba pensando en mi interior. Al salir la miré caminando acompañada de un chico alto, buen mozo y por algunos segundos les seguí disimuladamente y ellos continuaron hasta un puesto de helados y yo decidí que tomaría uno también. Súbitamente y sin planearlo al entrar, ella volteó y me saludó

—Hola, eres el hijo de la enfermera, ¿cierto?... Disculpa mis malos modales, es que no sé el nombre de ella, se me hace más fácil llamarla enfermera y no le pregunté a mi madre.

—Sí, soy el hijo de la enfermera y ella…el nombre de mi madre es Giuliana y el mío Lucciano Bonardi. Mi padre es Bruno Bonardi, profesor de Matemáticas en la Universidad.

—Es un gusto conocerte, te presento a mi amigo, él es… —Interrumpiendo, su acompañante se presentó.

—Bienvenido. Mi nombre es Andrea Vicenzo. Eres nuevo en la ciudad ¿cierto? Conozco a todos por aquí y nunca te había visto.

—Sí, hace poco llegué aquí, mi familia se trasladó de Milán.

—¡Ah, Milán! –dijo apuntando con los dedos índice de ambas manos y un movimiento de medio lado—. La Catedral que no se termina nunca. Ahí pienso ir a estudiar, a la Universidad de Estudios de Milán. Me encanta tu ciudad.

Conversamos un buen rato. Andrea me invitó a acompañarlos a su casa. Pasamos una velada encantadora en casa de la familia Vicenzo, mientras Antonietta, hermana de Andrea, nos deleitaba con algunas tonadas al piano en el salón de estar. Los padres de Andrea sentados, tomando un té, se agasajaban con la suave lírica y los acordes que parecían celestiales.

Al finalizar, Andrea nos acompañó a casa de Romina y luego a la mía, donde conversamos de todo un poco; de las familias, la región, los negocios. Mi madre entró en la plática y así nos fuimos familiarizando con el nuevo destino. Era agradable encontrar amigos que a la vez se convirtieron en guías y en poco tiempo ya conocíamos la historia de la ciudad y de sus lugareños. Yo acepté su invitación a acompañarle a la planta de proceso, a sus viñedos y a las rutinarias caminatas a las colinas por las tardes acompañados de Romina. Era una amistad que no podía ni debía rechazar. Hasta allí, me sentía atraído por la magia del lugar y de mis nuevos amigos. Esto me haría sentir bien, con menos nostalgia por mi querida ciudad de Milán.

Mientras tanto, al otro lado del mundo, el destino estaba trabajando para crear mi relato, mi vida y mi historia. Como suele suceder con todos los cuentos, nada es por casualidad.

Pero antes, hace unos años atrás, en ese lugar…

LAS PROMESAS Y LA METÁFORA DEL FOGÓN

San Carlos, Costa Rica, Marzo de 2010

DE LAS MEMORIAS DE RICARDO

Con brisa ligera y el canto extraordinario de los Yigüirros y otras aves del campo, en una ladera con vista a la llanura de San Carlos, padre e hijo trenzados en labores de agricultura en medio de un verde sembradío de frijoles y maíz. Una milpa, que ya tenía un poco más de un metro de altura y despuntaban sus flores en forma de espigas amarillentas y las plantitas de frijol abrazadas en sus tallos y que ya estaban produciendo vainitas tiernas, aún con sus flores hermosas, de colores blanco y lila, en surcos que serpenteaban las laderas y bajaban hasta el ruidoso Río Platanar. Desde allí se podía observar la casa grande y una columna de humo salir por la chimenea del fogón de leña como presagio de que algo bueno se estaba cocinando en ella. Con pala y machete en las manos, aporcando los surcos de la manera en que se limpia y se abona la tierra, como todo en la vida, convirtiendo lo malo en bueno al eliminar la maleza y voltearla para que así, lo que puede ser dañino a la siembra se convierta en fertilizante, para que las plantas crezcan con toda su fuerza y las cosechas sean la bendición esperada.

Según las costumbres de nuestros campos, el almuerzo llega antes del mediodía. Siempre con un silbido o un llamado: «¡papá…!» que se convertía en una orden a detener las labores y sentarse a disfrutar de la merienda, calientita aún. Nada se espera con mayor deseo que ese momento. Siempre buscamos la base de algún árbol con su sombra y protección. En esta parcela había varios árboles de Nance, fruta autóctona y peculiar en la región; fruto que se recoge al caer del árbol ya maduro y de él se preparan bebidas, paletas heladas, vino y mi padre lo utilizaba para aliñar el licor de caña. También crecían frondosos árboles de manzanas de agua y éstos producen mucha sombra fresca. Mi hermano Jorge era quien traía la alforja y en ella dos tazones con manjares envueltos en pañuelos, tapados con hoja de plátano asadas a la brasa del fogón, que le dan un aroma ahumado maravilloso. Una bebida de agua fresca con frutas de la finca y de temporada. En el cuenco venía todo el sabor criollo y el amor de mi madre, calientito, para envolver en tortillas de maíz palmeadas por las arrugadas manitas de mi abuela Doña Rosalía y que las hacían de sabor inigualable, cocidas en el comal a fuego de leña, el cual sólo quien es amo y señor de un fogón, entendería. Hay que tener maestría para graduar su fuerza. Juntando varios troncos de diferentes tamaños y grosor, se aviva el fuego; si se les separa o se alejan un poco o mucho, se baja la intensidad. Esa es la perilla para graduar el volumen de su llama. Si se retiran del todo, cada cual en soledad se va apagando, y es que un tronco o tizón no hace hoguera, se necesitan dos o más. Sin duda todo es así. En la vida también hay que estar juntos y en familia. Cada historia, individuo o vida al nacer, enciende la llama y se va avivando conforme crece, hasta consumirse con el tiempo. Esa es una regla del Universo, la vida de una hoguera existe mientras arden juntos todos los troncos y al final dejan las cenizas y la huella de que ahí se cocinó algo bueno. El tiempo que dure esa hoguera depende del tamaño de los maderos, la cantidad y la calidad de los troncos. También dependerá de quién avive la llama. Pero tendrá un final y en ese final, lo que dure, será nuestro tiempo y lo que perdure será lo que se recuerde de ella. Todos pertenecemos a una familia, somos una pieza importante para avivar esa llama; unos se apagarán antes, otros mucho después. En ocasiones alguno se apaga y es sustituido por otro. Al terminar el día, a los troncos que quedan los duermen extinguiéndoles su flama y que descansen hasta el siguiente día en el que se les vuelve a encender, se les agregan nuevos troncos y así continúa este ciclo de la hoguera; lo cierto es que esta metáfora es en cierta manera la historia de un madero muy especial, nacido salvaje, de madera fina, de Ron ron y Cocoolo. Piezas artesanales y muy valiosas se forjan de ellos. Sería mi propia historia. Me alejaré del fogón de Doña Helena, pero ardiendo en mi corazón para iniciar otra hoguera, la mía propia.

Mi hermano Jorge, sentado al lado y aunque sabemos que en casa, recibe su propia ración; él espera como de costumbre que Don Beto le ofrezca un gallito. Un gallo es hacer un bocadillo en forma de taco con una tortilla, relleno de todo lo que llegue en el tazón con los alimentos. Recuerdo cuando era yo, a más temprana edad, quien caminaba por los cañaverales desde Florencia hasta Quebrada Azul y le llevaba el almuerzo a papá, allá en la hacienda de los Kooper, en la zafra de caña. Sí, en esos años, mientras papá hacía finca, también era jornalero en otros lugares; se ganaba un dinero a la semana mientras la finca producía y así nos enseñó a trabajar el campo e ir a la escuela. En mi caso, caminaba casi hora y media hasta llegar a la escuela del Dulce Nombre, Cedral, ubicada en una loma privilegiada, desde donde se observa toda la llanura recorrida por el Río que sale de las faldas del cónico Volcán Arenal. Antes de salir me levantaba a las cuatro de la madrugada con el canto de los gallos a encender el fogón y dejar en el fuego una cafetera con agua a hervir; corría a buscar a las vacas aunque estuviera lloviendo, a pesar de la oscuridad y antes de salir el alba. Las dejaba amarradas a un árbol de Guaba detrás de la casa, para que mi madre las ordeñara después y así tener leche fresca entera todos los días. Me gustaban los fines de semana y vacaciones cuando ella estaba en la tarea de ordeña. Mis hermanos y yo llegábamos con un jarro de metal y siempre obteníamos nuestra porción, tibia y espumosa que a manera jocosa siempre nos dejaba un bigote blanco. Después de tomar el desayuno me alistaba y a caminar con mi bulto de cuero. En esos años tenía un compañero de mi edad en la finca de al lado y único vecino en mi época. Al salir al camino principal, él atravesaba por nuestra propiedad y nos dejábamos una señal en el portillo a la salida del potrero. Una ramita indicaba que ya había pasado o al contrario, si yo pasaba primero le dejaba la señal y así nos apresurábamos a encontrarnos y recorrer el camino juntos. Jesús Ugalde fue mi primer mejor amigo.

Ahora, con casi diecisiete años, ya terminada la secundaria, ayudo en los quehaceres normales de toda familia del campo para atender las necesidades de la finca.

Allí sentados en el surco con tierra fértil en las manos y olor a hierba fresca, nos deleitábamos con nuestro almuerzo.—Papá, ya he decidido que haré. No quiero ir a la Universidad, voy a sacar un curso de cocina.

—A ver dime, ¿qué es lo que pasa por tu cabeza? Pensé que me ayudarías con las labores de la finca.

—No papá. Si quieres o si necesitas ayuda, puedes traer otro peón. Me apasiona la cocina, quiero ser un gran Chef y hacer platillos nuevos. Me ilusioné y me inspira ver a esos personajes en los programas de televisión, sus competencias, esa creatividad y cuando veo las cosechas de la finca y las de otros finqueros, me llegan a la mente esos platillos de la abuela y de mi madre. Con el tiempo hasta podríamos tener nuestro propio restaurante. No como el de Tío José, no. Quiero algo diferente. Tenemos casi todo en la finca y si nos unimos con otros o al menos les compramos sus productos, podríamos ofrecer un menú orgánico. He leído de nuevos estilos de restauración y quiero aprender mucho. Pero me gusta esa tendencia: "De la Huerta a la Mesa". ¿Te imaginas? Todo fresco, sin químicos ni pesticidas. Si lo ubicamos en la vía hacia las termales y al Volcán, sería un éxito. Por ahí transita mucho turismo nacional e internacional. El mundo está cambiando y la gente con él. Aquí tenemos mucho potencial, carnes de res y cerdo, aves de corral, frutas y vegetales. Lo que nos falte podemos diversificarlo en los cultivos. Tenemos el Río y las quebradas, sólo hay que adaptar unos estanques en lugares con desnivel para crear una cascada que fluya continuamente; nuestras aguas son potables, saludables y ricas en minerales, nacidas en nuestro bosque. La inversión no es mucha. La Piscicultura es producir peces y camarón. Los utilizaremos para el servicio y el excedente lo mercadeamos y así seguiremos creciendo. A la gente le gustan las ideas sostenibles de conservar el medio ambiente. Ser nobles con la naturaleza y comida saludable. Podemos probar la acuaponía también, aprovechando el agua en abundancia que tenemos y desarrollar técnicas japonesas que son innovadoras en el país.

—Hijo —contestó Don Beto—. Me parecen unas ideas maravillosas, pero puedes desarrollarlas sin necesidad de irte.

—No papá —insistió Ricardo—. Necesito estar dentro de esas cocinas. Mientras trabaje allí iré aprendiendo y plasmando la idea. ¿Te imaginas ese restaurante y el propietario un Chef Internacional? Que digan: «Vamos a comer donde el Chef Ricardo».

—Deberías dedicarte a otra cosa, como ventas o algo así. Me has puesto a soñar y me has convencido. ¿Sabes? soy buen cocinero. Mis chicharrones son los mejores de toda la llanura.

—Sí, lo sé, lo sééé… y serás mi ayudante, o más bien mi subchef —risas—. Sueño con viajar y aprender mucho. Me encantaría ir a Europa, sé que es difícil para un Latino pero es mi sueño. Luego, hacer esas mezclas de cultura.

—Hijo, sabes que tu madre se pondrá muy triste y tus hermanos aún están muy chicos. Te extrañaríamos mucho. Debes enseñar a Jorge a lidiar con las Maisolas (vacas de cuerno largo), ya sabes que están acostumbradas a ti.

—Já, já, já… Claro que lo haré papá, ¿verdad, hermano?

—Sí Ric —respondió Jorge—, eres mi gran ejemplo y quiero ser como tú. Quiero que papá me admire tanto como a ti.

—No seas tonto para hablar. Los quiero a todos por igual, todos son de mi sangre, pero Ricardo es el mayor y él lleva una gran responsabilidad como primogénito, y así como lo admiras, igual todos en la familia; así como lo echarás de menos todos lo echaremos de menos, paro cuando regrese estaremos listos para recibirlo siempre. Ricardo, sabes que ya estás tomando tus decisiones y tu propio camino, pero seguro que siempre tus pasos y tus pensamientos te regresarán a casa, como familia que somos. Esta es tu tierra y tu hogar. Nunca lo olvides. ¿Y qué has pensado de Amelia?

—Ella y yo somos buenos amigos, no hay nada serio en nuestra relación por ahora; nos gustamos y eso es todo. Hablaré con ella papá, no te preocupes por eso.

—Sabes que tienes mi bendición. Lo que desee tu corazón, yo nunca truncaré lo que anhelas, ni tus sueños y sé que te llevarán al éxito. No se debe forzar ni hacer algo que no entiendes o no te agrada. Vivirías con ese pesar y angustia de no haber emprendido lo que te inquieta. Yo, cuando tenía tu edad, le dije a tu abuelo que quería ser arquitecto; no sólo ser carpintero o albañil, no. Dirigir obras y construir esos edificios. Sabía que era eso lo que me gustaba y era un sueño, pero por diferentes razones no lo pude realizar. Eran tiempos difíciles y la carrera era muy costosa. Continué al lado de mi padre y construimos esta finca, esta familia, y no me siento mal por eso, pero siempre me quedó esa espinita de qué hubiese sido de mí como arquitecto. Por eso que aprendí de la vida, prometí dejar hacer, en la medida de lo posible, que mis hijos sigan sus sueños.

—Mi viejo, yo te admiro, creciste con el abuelo cultivando la finca y criando a los animales con tus propias manos. Transmites toda la energía de la tierra y nos brindas todo lo que ella produce y así elaborar todos esos deliciosos platillos que la abuela y mamá nos brindan en la mesa. Me encanta ayudarles, me agrada estar allí y que me llamen: «Ric, tráigame unas vainicas tiernas y de paso culantro coyote, y no tardes». Ayer recogí unas verdolagas y al llegar me prepararon una deliciosa torta de huevo con verdolaga —suspiró—, aunque no me dejan estar en la cocina; disque la cocina es para las mujeres, que los hombres debemos estar en el campo. Eso sí lo voy a extrañar, más que a la familia —Don Beto lo mira en tono serio—. Es broma, papá. Estoy bromeando.

—Hijo, ¿dejarás de pintar, de escribir, el buceo, cantar?

—No, esas son actividades recreativas y es un talento que todos traemos al nacer, así como te encanta tocar la guitarra, cultivar e ir de cacería, cabalgar en el tope…eh… por cierto, quiero que me cuides a mi potranco Grillo. De mis hermanos, sólo Lucía tiene mi permiso de montarlo, porque ella es cariñosa y considerada y creo que a Grillo también le agrada. Mis hermanos en cambio podrían lastimarlo, no quiero que le exijan en las carreras.

—Sí, el veterinario nos advirtió que tiene un corazón pequeño, pero ese desgraciado es elegante, noble e inteligente. Su padre fue campeón por cuatro años consecutivos. Lo buscaban en toda la llanura para aparejarlo con sus yeguas. Debe tener muchos potrancos regados en la llanura, jajá.

—¿Como tú, papá? —risas.—¡No, no! Helena ha sido mi única potranca. Ha estado a mi lado y cuida de sus potrillos como ninguna, con amor, sabiduría y paciencia. Lo sabes ¿verdad? Hay mucha felicidad, paz y amor en este corral.

—Sí, lo sé, lo sééé… papá. Tus consejos son mi mayor tesoro. Cuando pienso en cómo será mi vida fuera de esta casa, en tus consejos, tus enseñanzas, es como una inyección de adrenalina. Sentimientos que no son fáciles de explicar pero son una emoción que me carga de energía.

—Gracias, hijo. Me siento halagado por tus palabras, que todos mis hijos sigan tu ejemplo. Hijo, te quiero pedir algo.

—Sí, dime. Que no sea dinero porque aún no tengo —risas.

Posando su mano en el hombro izquierdo de su vástago primogénito, le dijo:

—Quiero que me prometas que siempre regresarás a casa. Aunque te guste la Europa esa, esta es tu tierra, aquí está enterrado tu ombligo.

—Te lo prometo y vendré cada vez que pueda, depende de las vacaciones o permisos que obtenga. Y cuando esté sin trabajo o sin estudios, vendré para recargarme de energía y emprender de nuevo. Yo también quiero pedirte algo…—Anda cholito, dime.

Allí sentados a la orilla de la vereda, mirando a Güita pastando aún ensillada y con la alforja a cuestas; con el sol resplandeciente, el cántico veraniego de las chicharras y el vuelo multicolor de las mariposas de diferentes tamaños y especies que no interrumpen la faena. Con una vista privilegiada a la planicie verde de cultivos de caña, yuca y quién sabe cuántos productos más. A lo lejos, en las montañas, se divisan y sobresalen en verano los árboles de corteza como llamaradas amarillas y rosadas.

—Prométeme que no talarás la montaña Los Bobos, ni la venderás. Es un refugio para los animales, me encanta ir a ver donde nacen las quebradas y escuchar el ruido de la catarata; lo misterioso que es ingresar en ella y escuchar el canto de la naturaleza, las aves, mirar las Cherengas, los Cauceles y los Manigordos que creen que no los he visto y me observan entre el follaje. Si todos los finqueros talan los bosques, todas las especies morirán y secarán los ríos y quebradas; no habrá abundancia de peces ni lluvias y nuestras futuras generaciones no verán este maravilloso paisaje. Me encanta escuchar el canto de los Yigüirros y las chicharras en verano, mirar las bandadas de pericos con el pico rojo de comer achiote. Si el mundo se deteriora quiero ver esta burbuja para mis hijos y nietos. Además, hay unas mariposas blancas que por más que las estudio, no encuentro cómo se llaman. Sé que son una variedad de la Morpho Blanca, pero la nuestra es diferente. Tiene los ojos azules, pero es blanca total, sin rayas ni bordes negros. Son totalmente blancas y más hermosas que las que he visto en mis estudios de Lepidopterología.

—Nunca podré pronunciar eso. Sólo sé que es una mariposa. Tu abuelo me hablaba de ellas, creo que llegué a verlas, pero no les di importancia. Hay tantas mariposas aquí en los potreros y para mí son sólo eso, mariposas, y de muchos colores. No sabía que las hay de raza. Se ven bonitas pero no producen dinero.

—Eso crees, papá. Si tuviéramos un mariposario en la finca, tendríamos turistas que pagarían por verlas.

—Bien, pero volviendo al tema del bosque, te prometo hijo, que quedará en tu testamento. Los Bobos será para ti, mis nietos y futuras generaciones; esa burbuja de montaña también me encanta. En otros tiempos era más extensa pero debíamos talar, hacer pastos y sembradíos. La madera era dinero y con ella construimos nuestras casas y puentes. Era pura montaña, ahora son todas las fincas con pastos y sembradíos que hoy aprecias. Además, no teníamos conciencia de conservación, eso es nuevo; en la actualidad nos capacitan para llevar una vida de conciencia sostenible. Nuestros mandatarios se lo propusieron y lo han hecho muy bien, han parado ese crimen y ahora resguardamos gran parte de esos bosques como Parques Nacionales o Reservas de Vida Silvestre, entre otros. Mucho finquero ya no tala a las orillas de los ríos, más bien están sembrando árboles maderables. Antes iba con tu abuelo de cacería, por subsistencia. Cazar un venado o una Danta era un éxito, obteníamos carne para varias familias y por un buen tiempo. No teníamos refrigeración, había que salar y ahumar, colgando sobre el fogón de leña. Eso era y sigue siendo un manjar.

—Papá, hoy en día los gobiernos pagan y premian por el desarrollo sostenible, por cuidar el medio ambiente, pero para mí es más que recibir dinero, es por algo sentimental. Me destrozaría no ver ese bosque y en su lugar un pastizal y estoy seguro de que las especies que viven allí desaparecerían y quizá me lo cobren. No, que nunca desaparezca mi bosque. Que mis hijos contemplen esa belleza de lugar y ojalá vean mis bellas mariposas blancas.

—Hoy iremos de pesca por la tarde. Alista las bestias, veremos si tu madre y hermanos quieren acompañarnos. Llevaremos unos gallitos y una botella de Cabeza con Nance que tengo enterrada desde hace un mes. Iremos a la poza de la catarata La Llorona, ahí hablaremos con tu bosque. Veré si tus mariposas quieren dejarse ver.

—Sé dónde entierras el guaro. Sabes que te sigo cuando terminas la saca. Ni el resguardo ha podido encontrarlo. El otro día pasaron por encima de la sepa de zacate de limón y no encontraron nada. Yo te traeré una de las que tienes en la quebrada debajo de unas lajas que hacen cascada. Iré a traerte una botella. Tomo muy poco, lo sabes, pero te aceptaré un traguito; eso sí, hoy no lleves la guitarra.

—A ver… ¿y eso como porqué…?

—Vamos de pesca, me espantarás a los peces —risas y abrazo—. ¿Y qué haremos con la finca en Guanacaste? No podremos cuidarla ahora que me voy.

—He pensado en venderla y comprar a los colindantes acá y agrandar ésta. Hay que tener diversidad en la siembra para no pasar apuros.

—O cuidarla y pedir un préstamo al banco para agrandar esta finca. Sabes que no hay prisa, yo te enviaré dinero para pagar y con las cosechas creo que seguiremos creciendo para asegurar el futuro de mis hermanos.

—Vamos, estamos atrasados y los peones están terminando su tarea y nos toparán, eso me daría vergüenza….

—Extrañaré a mis hermanitos…te los encargo, papá.

—Hijo, ellos estarán cada mañana en la mesa al desayuno, a la hora de las comidas ¿y tú? Es lo único que me preocupa, no poder cuidar de ti.

—Yo estaré bien papá, y regresaré. Te lo prometo.

PACTO DE FAMILIAS

En el norte de Italia, al pie de los Alpes Suizos. Agosto de 2015

Reunión del Gobierno Municipal

La reunión mensual se lleva a cabo y expone el Presidente Municipal:—Bueno, parece que tendremos un gran año. Si el tiempo sigue así tendremos una gran vendimia. El Pinot Noir estará en su punto, la producción de embutidos ha sido la mejor en muchos años, hemos recibido un galardón internacional y un nuevo Grado de Origen. Los quesos están muy bien. El turismo se ha incrementado y los ingresos en la región se han multiplicado, por lo tanto, todas las familias de la región se han visto beneficiadas. Invertiremos en mejoras de caminos, parques y servicios a la comunidad. Gracias a las familias Vicenzo y Benedetto, así como a todas las demás familias de las aldeas vecinas. Hasta la próxima reunión. Feliz tarde a todos. —se escuchan aplausos.—Felicitaciones Adriano —dice Lorenzo Vicenzo—, estamos muy felices de tantas cosas positivas. Debemos enaltecer a la comunidad y que la feria de este año sea la mejor de todas. ¿Y cómo está la familia? Hace mucho no veo a Romina.

—Gracias amigo —responde Adriano Benedetto —, la familia está bien, mi hija enfocada en sus estudios; quiere ir a la Universidad a Roma el próximo año.

—¿Y qué piensa estudiar ella?

—Estudiará Administración y quiere ser Sommelier. Ya sabes, seguir las costumbres de la familia.

—Me alegro, es una gran chica, es muy inteligente y lo que más me agrada es su sencillez, a pesar de ser de las jóvenes más hermosas de la región. Sé que mi hijo y ella son buenos amigos desde niños. Andrea siempre habla de Romina, sé que la aprecia mucho y la cuida.

—Sí, Andrea es un gran chico. ¿Y qué estudiará él?

—Tendrá la responsabilidad de seguir al frente de las cosechas y en especial deberá prepararse para las mejoras de producción de los embutidos. Queremos expandir nuestra marca por Europa y después América y el mundo. Creo que debemos hacer una reunión familiar y pactar el futuro de nuestras familias.

—Me parece bien, pero debes saber que respetaré la opinión de Romina por encima de nuestra voluntad.

—Y yo la de Andrea, en eso estoy de acuerdo. Mi hijo se merece lo mejor del mundo y lo mejor del mundo para mi hijo será verlo casado con Romina, pero no puedo obligarlo, aunque creo que se alegrará mucho.

—Yo me encargaré de conversar con Romina y si todo parece ir bien, nos reuniremos y lo festejaremos —terminó Adriano.

ROMINA Y ANDREA

Valle D'Aosta, a la salida del colegio. Agosto de 2015

—Te invito a un helado. Ven, déjame llevar tu mochila.

—No quiero helado —respondió Romina—, prefiero algo caliente como un cappuccino. Dime, Andrea, ¿qué has pensado hacer el próximo año?

—Quiero ir a la UNIMI, la Universidad de Estudios de Milán. Debo prepararme para dirigir la empresa de la familia, sabes que mi hermano Luiggi, por su condición especial, no podrá, y no tengo problema con velar por él toda mi vida. A mi hermana Antonietta le gusta la música y no es de trabajos de campo. Y tú, ¿qué harás? ¿Dónde has decidido continuar tus estudios superiores?

—Iré a la Universidad… pensaba ingresar aquí en la Universidad del Valle D' Aosta, pero si consigo mis materias en Milán, me gustaría ir ahí y así estar cerca de ti.

—Sabes que te he querido desde niño como a una hermanita y te sigo queriendo, aunque hay algo que me hace sentir diferente a veces… digo, hay días en los que me desespero si no hablo contigo, si no te veo hay un vacío enorme y se llena al verte y tan sólo conversar. Sé que todos los chicos del colegio y del pueblo sueñan con estar a tu lado, no te quitan la mirada al pasar y murmuran y eso me provoca algo de celos. Es que… crecer contigo me hace sentir seguro, pero también me he sentido diferente con los cambios al verte crecer. Cada día estás más hermosa.

—Já, já, já, qué loco eres. Yo estoy enfocada en mi futuro, en el manejo de la industria de mi familia y quiero que mi padre confíe en mí y ser su orgullo. Eso lo hablaremos en familia en su momento. Mi madre siempre está murmurando y hablando indirectamente. Yo me río un poco de los planes de ambas familias, pero no creas que no he pensado en ello, sólo que no es el tiempo para hablar de planes futuros. Mi padre me ha enseñado a enfocarme en el estudio y le debo todo mi respeto.

Mi madre solamente acepta su voluntad, pero igual me aconseja, se acerca por las noches a mi cama, me arropa, me canta y me acaricia antes de dormir; me habla de lo mucho que me ama mientras cepilla mi cabello. Habla de lo que desea ver en mi futuro y yo quisiera que esos momentos fuesen eternos, pero vamos creciendo y sabemos que el tiempo no se detiene y llegará el momento de tomar nuestro propio camino y aventurarnos; dejar la comodidad del hogar y volar. A pesar de ser hija única, quiero tener mi casita con chimenea, mi huerta y muchas flores en el jardín; mi paz al esperar a mi príncipe cuando llegue y cuando se vaya a trabajar. Y algún día quiero recorrer los montes con mis hijos, dejarlos saltar, jugar y soñar como lo hemos vivido nosotros dos en estos parajes tan hermosos. Pero mientras ese momento llega, estaré junto a ti; yo también te he querido desde siempre. Eras el caballero galante, hombre hermoso y encantador de mis sueños. Pero ¿sabes? las mujeres tenemos un sexto sentido y siempre me he dado cuenta de que no sólo me miras a mí.

—¿Era tu caballero?

—Ya... tú me entiendes. Bueno, eres el caballero de mis sueños. Hay muchas compañeras que no pierden momento para expresar lo que sienten por ti. Casi me lo dicen de frente como para ver mi reacción y sé que lo hacen para probarme y por alguna razón no siento miedo, y en realidad en estos últimos dos años también he sentido una atracción diferente por ti, también has cambiado. A veces me cuesta dormir y me doy cuenta de que... es porque pienso en ti —dice Romina sonrojándose—.

Prométeme que seguiremos siendo mejores amigos hasta terminar la Universidad. Sé que mis padres no querrán casarme antes y yo tampoco lo quiero así, pero pienso que en la Universidad podrías cambiar y la verdad me gustaría planear mi futuro contigo. Perdona que te lo diga — agrega avergonzada.—Que no te dé pena, creo que ni siquiera deberíamos hablarlo, simplemente lo sabemos y lo sentimos. Abrázame, sabes que eso no pasará, yo seguiré junto a ti. Debo terminar mi carrera también, tenemos planes y estaremos juntos siempre. Nuestras familias siempre permanecerán juntas, eso espero. ¿Y qué hay de ti? Con el tiempo podrías encontrar a alguien y cambiar de idea sobre tu príncipe azul.

—Sí, lo haré. No es cierto, pero seguiremos siendo amigos y nos seguiremos cuidando el uno al otro como hasta hoy. Dejemos que nuestros padres hagan planes mientras terminamos de crecer y terminamos la Universidad.

—¿Quieres ir a cabalgar hoy a la colina? Quiero darte una sorpresa y de paso tomar aire puro.

—Sí, a eso de las 3 de la tarde.

—Listo. Paso por ti.

A las tres de la tarde

—Hola señora Valentina, la veo tan hermosa y radiante como siempre. Bendita sea por ser la madre de mi querida Romina. ¿Estará ella lista para el paseo vespertino a la colina?

—Qué galante. Que no te escuche mi marido porque entonces sí que estarás muerto. Sí, ella se encuentra en el establo con Mario, alistando los caballos.

—Hola Romy… Ah, llevarás a Relámpago. No vine preparado para competir, seguro que hoy perderé.

—Eso a mí no me pasa, siempre estoy preparada para competir, herencia de mi padre. Hay que sorprender al adversario, nunca estar desprevenido. Ah, y Relámpago me guiñó un ojo, creo que prefiere a una dama en su lomo.

—Já, já, caballo traidor, pero contigo no me importa, perderé siempre con tal de ver tu sonrisa…tu hermosa sonrisa.

—Ya… vamos que se nos hace tarde.

Cabalgan por las praderas hasta llegar a la cumbre de una colina al pie de unos olivos tan antiguos como si estuviesen ahí desde la creación del universo, con unas vistas panorámicas al valle, desde donde se observan los viñedos al pie de las montañas y el pueblo como en una tarjeta postal navideña. Las cumbres de los Alpes siempre cubiertos de manto blanco y hoy con un tono rojizo por la luz del atardecer a través de sus cúspides cubiertas de nieve. La brisa es refrescante y hay un silencio celestial.

—Romina, quiero que veas esto, lo hice para ti; bueno, para nosotros. Sé que es muy clásico, pero es nuestro. Un corazón con una R y una A. ¿Sabes que significan?

—RA...

—Já, já, qué chistosa.

—Apuesto a que son nuestras iniciales como muestra de nuestra amistad, que seguro será nuestro corazón... "Y vivieron felices por siempre".

—Es más que eso, es una promesa. Sabes que me gustas, que te quiero tanto como para dar mi vida por ti. Sabes que te esperaré el tiempo que deba esperar. Sabes que seré tu guardián y no dejaré que nada ni nadie te haga daño. En todo momento que me necesites iré a tu auxilio y si debo dejarlo todo por ti y empezar de nuevo, lo haría sin dudarlo.

—Es hermoso, Andrea. Sabes que tus sentimientos te son correspondidos. Contigo el aroma de las flores es más dulce de lo normal. Cuando canto es como si cantara para ti, o por ti. Cuando respiro, el aire me refresca por dentro y cuando te pienso suspiro profundamente... mi corazón late más rápido y te pienso. Es como un sentido de pertenencia.

—Ay, Romina... yo sé que hay chicos guapos que se te insinúan y te invitan a salir.

—Será que no escucho bien, porque no recuerdo ninguna invitación —risas—, pero a ti las chicas hermosas te buscan, insinúan sus caderas al caminar, voltean a verte y te coquetean... descaradamente.

—Será que estoy ciego, porque nunca he visto a nadie, como si en mi jardín sólo hubiese una Rosa —risas nuevamente—. Quiero venir aquí muy seguido contigo, a suspirar y disfrutar de nuestras pláticas y tu compañía que le dan paz y tranquilidad a mi corazón.

—Andrea, ¿sabes que el 16 de Noviembre cumplo años? Serán mis quince años y mi familia quiere hacerme una gran fiesta.

—Sí que te lo mereces. Ayudaré para que sea inolvidable. ¿Bailarás conmigo el Vals?

—Sí. ¿A quién más le daría esa oportunidad? bueno, hay alguien más.

—No puede ser, me muero… ¿quién es?

—Mi padre, tontillo.

—Ah, bueno, así hasta pudiéramos practicar los tres juntos.

—Escogí el "Vals de las Mariposas".

—Y ¿por qué?

—Porque me inspiran. Transformación, elegancia, vida, color y libertad. Pero ¿sabes? quisiera cambiar eso de la fiesta, es algo de costumbres, muy clásico y quisiera algo diferente.

—¿Cómo cambiar? ¿Se puede saber?

—Un viaje.

—¿Un viaje?

—Sí, un viaje… un paseo a América, al Caribe. Siempre he soñado con conocer esas playas y recibir el calor del sol y correr por la arena blanca bajo esos cocoteros y saltar al mar transparente en esas aguas turquesas como se ven en la publicidad y en las películas. ¿No crees que sería maravilloso? Y podrías acompañarme y bailaremos nuestro vals en algún momento.

—Bailaríamos en la arena, porque no sé nadar —risas—. Me parece buena idea. Me gusta, pero… defraudarías a la familia.

—Primero aprendemos a nadar. No quiero ahogados en mi fiesta de quince años. Hablaré con mis padres. Aún hay suficiente tiempo para planearlo, los convenceré y que ellos nos acompañen.

—Está bien, no se pierde nada con intentarlo. Oye, me encantan estos momentos a tu lado. En todo lugar me encantan, pero aquí es como si las montañas fueran cómplices a favor nuestro, lejos de tantas miradas y murmuraciones.

—Sí, ya lo creo, pero no te escaparás de mí. Andrea, tengo una pregunta, eh… me gustaría saber ¿qué piensas de la familia, te gustan los niños?

—Sí y tendremos muchos hasta tener un equipo de futbol. "Vicenzo F.C." —ambos rieron.

—Muy chistoso. Sólo tendremos un hijo o dos máximo, y se llamará Rudy, como tu abuelo, así no discutirán por la herencia. ¿Y cómo te lo imaginas?

—Veo a un niño de ojos color café, alto, delgado, de cabellos rizados y brillantes como el sol. De sonrisa pícara y mirada enamorada, de piel suave como la miel.

—Ah, sí, me has descrito a mí pero con tus ojos. Además has descrito a un niño… ¿y si es niña?

—Amor, debe tener algo de mi familia. Será un o una Benedetto-Vicenzo.

—Sí, eso sí… debemos regresar o mis padres se preocuparán.

—Sólo espera unos minutos y el sol se pondrá en el crepúsculo. Son momentos únicos; cuando el sol está detrás de las montañas nevadas, parece una luz extraterrestre y la cumbre se convierte en un enorme diamante y deja ver una aurora de colores que sólo pocos tenemos la dicha de apreciarla y hoy estás a punto de contemplarlo al lado de tu príncipe encantador. Quiero estar junto a ti unos segundos más.

—Wow… eso es magia de cuentos de hadas, mi príncipe encantador… —risas.

EL INICIO DE UNA CARRERA

San Carlos, Costa Rica, Septiembre de 2010

DE LAS MEMORIAS DE RICARDO

—Madre, empezaré a trabajar los fines de semana en el restaurante de Tío José.

—Hijo, no descuides tus estudios —responde doña Nena—, en la actualidad son una prioridad. Sabes cuánto te amamos y deseamos lo mejor para ti. Siempre tendrás a la familia y no deberás preocuparte por trabajar fuera de la finca.

—Madre, quiero aprender a cocinar, no es un trabajo; me pagarán por hacer algo que haría gratis, porque me llama la atención el mundo de posibilidades que hay de crear con todo lo que la naturaleza produce. Esto ya lo conversé con papá. Sabes que adoro las tortillas con queso que me preparas y algún día quiero agregarles algo de la montaña y hacerlas únicas en el mundo de la gastronomía. ¿Te imaginas que haga tus platillos con presentaciones Gourmet?

—Hijo, eso de la astronomía no lo entiendo. La comida no es para verla, es para comerla.

—Já, já, já —risas y abrazos—. ¿Astronomía? já, já, no... ay, mi amor bello, Gastronomía es la ciencia que estudia el arte de preparar alimentos. Tú no lo sabes pero eres mi dulce y adorable Chef, junto con la abuela. Mis encantos de la cocina. Tengo que usar uniforme y aprender de higiene y muchas cosas más, eso me dijo mi tío José.

Listo para empezar en el restaurante del tío, recibe sus primeras directrices.

—Hoy inicias pelando camarones en la chanchera y luego de a poco irás ayudando en la cocina. Harás todo lo que se te pida —le dijo el tío José.

—¿Chanchera? tío, quiero aprender a cocinar, no a criar chanchos.

—No, sobrino —contesta entre risas—. Chanchera es el área de preparación de los productos, como pelado de camarones, filetear pescados, limpieza de vegetales, etc.—Qué nombre más raro para una área que debe ser la más higiénica y ordenada del lugar.

Ya en casa, de regreso

—¿Cómo le fue a mi Chef? —pregunta doña Nena en tono sarcástico.—No te burles, madre... esto de la cocina es complicado. Hoy me tocó lavar platos todo el día, pelar camarones y filetear pescado; creo que traigo una espina clavada en la mano y otra en el corazón. Me tocó hacer limpieza profunda de estufas y equipo, mira cómo traigo las manos, parecen pasas secas.

—Pero querías cocina... ahí tienes cocina, pasas blancas —risas.

—Sí, pero tío me dijo que así empiezan todos los grandes Chefs. Se le dice "pagar el derecho de piso". Eso me dijo:—Empezarás desde cero, desde abajo, si un día eres un gran chef, valorarás a tus aprendices y les enseñarás con el corazón. Esto es de aprender y enseñar. Esto no es sólo cocinar. En esta profesión, un jefe de cocina deberá aprender un poquito de todas las demás profesiones. Deberás ser Matemático, Químico, Ingeniero, Maestro, Agricultor, Abogado, Psicólogo, Doctor, Electricista, Mecánico... Cualquier profesión que me nombres te diré en qué está ligada con la Gastronomía. Si escogiste la cocina tendrás que aprender mucho, porque la Gastronomía en el mundo es como el corazón al cuerpo. Es el centro de distribución, el motor. Sabes que todas la profesiones son importantes, necesarias y que todas juegan un rol esencial en el equilibrio de la humanidad, así también lo son todas para la gastronomía, ¿y sabes por qué es tan importante? Porque no existe un ser humano que no requiera alimentación para vivir. Es una fuente inagotable de negocios también. Sólo imagina a la humanidad dos meses sin alimentos. El agricultor pierde sus cosechas, los pescadores no tendrían a quién venderle, el carnicero cierra su negocio, el mercado no tendría qué vender, el transportista, el comerciante, etc. habrían desaparecido. Hay que tener respeto por esta profesión. Te alimentas para vivir, pero te puede causar la muerte en un descuido. Es por eso por lo que existen normas de inocuidad establecidas internacionalmente y debemos aplicarlas más allá de lo exigido. Basta sólo con el descuido de algún individuo en la ruta de los alimentos, y esto inicia en el campo, donde se cultivan; el almacenamiento y el traslado hasta llegar al área de proceso antes de ser preparados y servidos a la mesa. Podría entorpecer todo y causar daño a una persona, a una familia, a una empresa, a un pueblo, a una ciudad, a un país e inclusive al mundo entero.

Si quieres llegar a ser un gran chef debes entenderlo. No es sólo hacer un plato hermoso, debe nutrir, debe estar dentro de los parámetros de higiene y temperatura y debe satisfacer una necesidad. ¿Estás listo para empezar?

—Sí, tío. —le dije—, pero no sabía lo difícil que es ser cocinero, o al menos lo delicado que es, pero es algo que siempre he querido y no sé cuál sea la razón por la que de pronto me desperté ese interés que no se me quita y lo que se me mete entre ceja y ceja, busco hacerlo. ¿A dónde me llevará? ¿qué destino tengo trazado? Quizá al final escriba un libro de cocina, quizás sólo viaje por el mundo o sólo llegue a ser un cocinero más. Aunque todo inicia por el interés de crear un restaurante propio y el ver crecer los productos que sembramos. Además, es culpa de esos programas de televisión; se ve tan fácil y mi deseo es crear también. Cuando pinto un cuadro, deseo pintar comida y con los cinco sentidos; que al verla se perciban los sabores, se escuche el chisporroteo, se vea el calor, los colores, se sientan las texturas y puedas oler el ajo, la cebolla y el culantro… pero lo cierto es que estoy impresionado por tu presentación. Gracias por tu enseñanza. Te admiro.

—Sobrino —me respondió—, de tus talentos heredados de tus antepasados, dibujar viene del vientre de tu madre, recuérdalo y te deseo lo mejor. Cualquier consulta me la haces saber. Y un último consejo: nunca, le hagas, ni trates a nadie, como lo que otros te hacen a ti y que no te agrada. Sé recíproco, da sin remordimientos., agradece siempre, sé educado, bondadoso, amable y con una sonrisa. Sólo cosas buenas te puede traer la vida. Sé que así eres, pero sé consciente de hacerlo. Nunca abandones la fe, cualquiera que sea, porque Dios es todo lo bello, bueno y bondadoso que existe y eso se llama AMOR. En todos los mensajes de Dios hay amor. No sé cuál sea el antónimo de amor, pero debe ser todo lo feo, malo y dañino que existe. Aférrate a la fe que te enseñaron tus padres y a la que caliente tu espíritu.

Ve por tus sueños, aléjate de gente negativa, rodéate de gente de éxito. Habrá momentos de pruebas, supéralas con hidalguía. La vida es como un jardín de rosas y la más hermosa de sus flores puede estar escondida en el centro del jardín y llegar a ella no es tan fácil; deberás dejar la piel y sangrar en el camino, producirá dolor y te dejarán heridas. Eso sí, no te quejes, sé fuerte, agradece por el dolor y las heridas. Jamás te rindas ni te devuelvas, porque entonces peligra el no intentarlo de nuevo. Pero si llegas a ella, te sentirás pleno, abundante, glorioso y orgulloso. Disfruta su belleza, su aroma como el mejor de los trofeos. No la cortes, déjala allí hasta que caiga su último pétalo. Podrás llegar a ella cuando quieras, ya tendrás trazado tu propio camino. Recuerda que es una metáfora. La Rosa en medio del jardín puede ser una mujer, pero también es todo lo que quieras alcanzar en la vida.

—Tío, me dejas boquiabierto. Guardaré tus enseñanzas, podrías ser escritor o poeta. Pensé que sólo eras restaurantero.

—Ya sabes, somos familia. Tu padre toca muy bien la guitarra y es agricultor. ¿Sabías que a tu madre le gusta dibujar y pintar? Los dones se heredan, vienen en nuestro ADN. Yo sí lo sé, guardo algunos dibujos que mi hermana Helena me regaló, hechos con lápices de colores como si fueran acuarelas. Sorpréndela, regálale un caballete y pinturas de esas de agua o de óleo y verás la sorpresa y la alegría en su cara. Que sea nuestro secreto.

—Tío, gracias por decirme tan hermoso secreto. Claro que lo haré y antes de irme, para ver qué me tiene al regreso.

—Ella te conoce desde antes de nacer y seguro te sorprenderá.

Esa tarde, al llegar a casa

—¿Y hoy cómo te fue hijo? —preguntó doña Nena.

—Madre, es maravilloso. Seré un poquito de todas las profesiones según me lo explicó Tío José y hoy siento tanta energía que quiero cocinar el mundo. Sí… papá, ven, quiero que toques la guitarra, quiero cantar contigo. Quiero un trago de guaro contigo y cántale esa canción que mi madre tanto desea escuchar.

—Y tú, ¿cómo sabes cuál canción es? —preguntó sorprendida.

—Es… "**Una noche serena y oscura**". Madre, siempre dejas de hacer lo que estás haciendo cuando suena en la radio, la cantas y hasta que termina regresas a la vida real.

Don Beto y Doña Helena se miran y sonríen con una mueca de sorpresa…algo del pasado, en su juventud, les trajo recuerdos.

EL SUEÑO

Cedral, San Carlos, Costa Rica. Noviembre de 2010

DE LAS MEMORIAS DE RICARDO

—Madre, anoche tuve un sueño extraño. Ya sabes, estuve conversando con papá de muchas cosas pero le comenté de las mariposas blancas que he visto en la finca Los Bobos y soñé con una hermosa mujer vestida de blanco y de ojos azules que al abrir y levantar sus brazos parecía una Mariposa Blanca con maravillosos y deslumbrantes ojos azules, como las de mi bosque. Me llamaba y a su lado había otra mariposa blanca más pequeña, también de ojos azules; intenté alcanzarlas y se alejaban. No pude llegar a ellas, pero sentía que eran mías y desperté con el corazón acelerado y un sentimiento extraño, como una premonición, pero un sentimiento de felicidad plena. No sé si será de mala o buena suerte.

—No te preocupes, hijo. Tu abuelo hablaba de esas mariposas y nunca le pasó nada. Son sólo leyendas o cuentos fantásticos de estos viejos que se reúnen con cualquier pretexto para beber guaro. Todas las criaturas del mundo son de buena suerte. Dios no creó la mala suerte, eso tenlo por seguro.

Eso sí. Ninguna leyenda sobre mariposas blancas es negativa. Pero mi sueño fue tan real, se me quedó muy grabado. Creo que iré a verlas, a ver si se me quita este sentimiento; no sé, experimento miedo y angustia, algo que nunca había sentido.

—Te haré un té de hierbas. Anda, ve a cabalgar y tráeme unas ramitas de manzanilla y un trocito de Hombre Grande o Escalera de mono; ese té calmará tu ansiedad. Debe ser por el viaje y las tonteras que hablas con tu padre.

—Ni Hombre Grande, ni Escalera de mono. Eso es demasiado amargo. Me conformo con el té de manzanilla con limón.

—Ay… no seas llorón, yo no parí hijos pendejos. Anda, vete antes de que te de café en varilla —risas.

Una semana después, a la hora de la cena

Familia… me ha llegado el contrato que estaba esperando para ir a trabajar en un crucero a los Estados Unidos.

—A ver, hijo, déjame verlo. ¿Qué? ¿Por este salario? Menos de lo que ganas en fines de semana con tu Tío.

—Papá, sabes que no es el por dinero que iré, es por aprender y viajar… el dinero ahora será poco, sí, pero en abundancia llegará después.

—Sí, es cierto, mi cholito; perdóname, pero sigo pensando que es un abuso. Pobres de los que van ilusionados o por necesidad.

—Es un mundo de posibilidades, cada uno las aprovecha o las tira por el caño. Para alguien joven es un gasto necesario, será escuela, y con el tiempo experiencia para la hoja de la vida. Es una convicción profesional.

—Cierto, Beto (abreviación de Humberto). Ricardito tiene razón. Irá y volverá y aquí estaremos esperándolo siempre. Te amamos hijo, cuídate mucho. Me da miedo, vi cómo se hundió ese Titanic —risas.—Gracias, madre. Este Titanic no se hundirá. Por eso no te cambio por ninguna otra madre, me enseñaste a nadar desde que tengo memoria. Mientras lavabas ropa en el río, me dabas mi baño con el mismo jabón de barra azul. Aún percibo ese aroma en mis sentidos y mis recuerdos. Aprendí a nadar y juego en los rápidos del río, desde la catarata La llorona hasta el remolido del diablo. Ningún mar podrá quitarme el deseo de regresar a tus brazos, mi madrecita bella.

—¿Lo recuerdas? —pregunta con gesto de asombro—. Pero si sólo tenías tres añitos. Rezaré por ti. Irás a misa el Domingo, le pagaré una misa para que la Virgencita de los Ángeles te cuide. Este año no estarás para La Romería.

—Cierto, madre, pero la haré virtual, ya sabes que ahora existen esas romerías virtuales —Já, já, já —, y uno no se cansa igual. Ah… no es igual, adoro ver ese río de gente atrás y adelante de mí. Ver todo un país y gente de otros venir a pedir y a agradecer. El que la aprovecha sabe que alcanza mucha energía espiritual y esa energía fluye en gran cantidad. Unos van con mucha fe y otros de paseo o sólo van por acompañar a alguien, amigos, familiares, pero igual van y se puede sentir esa carga de energía. Te prometo que después coordinaré para estar todos los 2 de Agosto aquí, así pasaré la Romería y el día 15, Día de las madres, junto a ti. Te amo, madrecita.

—No es tan sorompo como pensé. Me parece muy bien, te esperaremos siempre. Que tu corazón te traiga de regreso a casa cuando la razón te falle.

—Iré a ver a mi Amelia…

—Ay, mi niña. Salúdala de mi parte. Pobre chica, le romperás el corazón. Lo duro es para el que se queda, como dice la canción: "El que se va, se va suspirando y el que se queda se queda llorando".

—Madre, es por nuestro futuro que me sacrifico.

—Ella es hermosa, la más bella de toda la llanura. Ella levanta suspiros por donde va. En la Iglesia todos la miran al pasar. Las miradas masculinas sueñan y las mujeres jóvenes la envidian. Pero su comportamiento es sencillo, humilde y tan educada. Por eso su belleza es aún más valiosa.

—Sí, madre, por eso me gusta, la adoro y lucharé por hacerla muy feliz.

—Cuidaremos de ella hasta tu regreso —intervino don Beto.

—Sí, lo sé, lo sééé…. papá, los amo a todos. ¡Los amo!

INICIOS

Miami, USA. Noviembre de 2010

DE LAS MEMORIAS DE RICARDO. CARTAS

Primera carta-correo

Hola, mi querida familia. A todos los extraño mucho, pero estoy bien. Me tienen en un hotel en la Playa. Miami es hermoso. Ha pasado una semana y todos los días, cada mañana, tenemos que revisar una lista en el vestíbulo del hotel. He conocido y tengo nuevos amigos de muchos lugares del mundo, todos ahora somos marineros y yo por primera vez siento un miedo extraño, seguro es la ansiedad de empezar y romper el hielo. Esa espera que se hace eterna. En la lista de mis amigos, que quizá serán amigos sólo por una semana y que jamás volveré a ver ni saber de ellos, todos con ilusiones y sueños diferentes, están Fernando, de Colombia, que irá al SS Meridiano como cantinero. José, de Guatemala, al SS Victoria en limpieza y otros, tanto jamaiquinos como filipinos, a la cocina. Para el servicio en su mayoría son turcos o europeos y algunos latinos que deben hablar Inglés. Mientras llega mi turno camino por la playa mirando tiendas para ver qué compraré a mi regreso de regalos. Hasta Virringo —el perro que parece un acordeón—, esperará para ver qué le llevo. Cuídense mucho. Yo estoy bien. En cuanto tenga más noticias les escribiré.

Segunda carta-correo

Por fin llegó mi llamado. ¡Uf! me tocó aquí mismo, en el MS Descubridor Uno. Mis primeras tareas no han sido nada fáciles, aunque sencillas, pero el idioma me ha complicado los días; hay muchos que hablan español y que ya saben inglés, entonces se divierten con el marinero nuevo, quizás para ver su reacción. No es que sean malos, es su manera de hacer bromas. Los charlatanes que nunca faltan en un crucero me lo han complicado. Por ser el recién llegado a bordo y por vez primera, me enviaron al storage room a traer celery, papaya, carrots, onion, garlic y basil. ¿Saben qué? Llegaba de regreso sólo con papaya...y no se rían, que ya pronto aprenderé Inglés. Porque ya empecé, llevo una libreta para anotar en ella todo lo nuevo, vocabulario y recetas.

Así pasaría Ricardo sus primeros once meses a bordo. Tomó dos meses de vacaciones y se las pasó en la finca; se le veía caminar por las colinas a caballo, acompañado de Amelia.

De regreso a Estados Unidos, lo enviaron a Nueva York a abordar el SS Horizonte, donde tendría su ruta a la enigmática Isla de las Bermudas. También viajaría a Boston, Virginia, Florida y a casi todas las Islas del Caribe, incluida la paradisiaca República Dominicana. En su último viaje pasaría por el canal de Panamá y decidiría despedirse de los cruceros quedándose en Costa Rica.

NARRATIVA DEL DIARIO DE RICARDO

Noviembre de 2011

De mis experiencias a bordo de los cruceros, me queda mucho aprendizaje, muchos amigos y muchos deseos de seguir luchando. Desafortunadamente hay situaciones desagradables y hoy siento el deseo más grande de quedarme en casa. Hay cosas que no puedo negociar y que son inaceptables. Aquí trabajamos muy duro y el día que menos horas hacemos es de doce, sin día de descanso. Un incidente me hizo cambiar y el deseo de no ser humillado por nadie, pero ese mismo incidente me enseñó el valor de los amigos y que así como hay gente mala, también hay muchos buenos. Nunca he sido agresivo y recuerdo muy bien las enseñanzas de mi Tío José y de mis padres.

Cumplo con las tareas asignadas por mis superiores. El Chef es europeo, un profesional que me ha enseñado y a quien admiro, pero ni aún él pudo defenderme de una injusticia.

Sucedió hace unos días, mientras preparaba la cena de la Flota Blanca. Después del servicio a los huéspedes, se les sirve a los oficiales del barco, actividad a mi cargo como Chef de Especialidades y consiste en preparar platillos según lo demande cada oficial. Para el servicio, en su mayoría los platillos son tomados del menú del día. Esa noche teníamos Langosta Termidor, al gusto de la mayoría, por lo que separé entre quince y veinte órdenes antes de cerrar el servicio. Tenía una línea de baños maría lista para servir. Suele suceder que a los camareros no les da tiempo de cenar, por lo que existe un negocio interno entre cocineros y camareros de apartarles comida. Esto sucede o es más común entre cada grupo étnico.

Para mi sorpresa, mi área había sido asaltada y me enteré de que la había tomado un filipino de la brigada de cocina. Al ver mi producción la recuperé y acto seguido, como en una película de Kung Fu, sentí una patada en la espalda y enseguida se armó una discusión. Para mi fortuna, quienes se percataron entraron a defenderme y nunca olvidaré a mi amigo Sub Chef Santana, dominicano de La Romana, quien se entró a las trompadas con dos filipinos. Rápido llegó seguridad y nos llevaron con el Capitán. Uno de los asistentes de A y B en la línea era hondureño y también nos llevábamos bien. Testificó a favor mío. Nunca olvido a mis amigos. Pensé que no pasaría a más y que ahí terminaría todo. Esa noche llegué agotado a mi camarote. Después de un baño puse música y me quedé profundamente dormido, cuando de repente ingresó un miembro de seguridad y me despertó pidiéndome mi "ID", el cual es mi identificación y siempre está en el chaleco salvavidas. Lo tomó y me dijo que estaba amonestado por ruido, ya que está prohibido hacer disturbios después de medianoche. La música realmente no estaba fuerte ni había fiesta y no quiso entenderme. Era un oficial filipino. Al día siguiente aparecieron las amonestaciones o "warnings" que publican en un mural en la cafetería de empleados, lo cual para mí es un acto discriminativo, humillante y yo no quiero estar para eso. Creo que el grupo que se vio afectado por el incidente de las langostas se la estaban cobrando conmigo porque el oficial era uno de ellos, por lo que hablé con el Chef y éste con el Capitán. Pero no logré nada. El Chef, que es una persona muy educada, me pidió que lo olvidara y siguiera, ya que estábamos en una transición muy ocupada con cambios de menú para el traslado del Caribe a Alaska. Yo me sentía apoyado e ilusionado pues iríamos a Alaska y haríamos escala en Puerto Caldera, en mi país, y sin duda una tropa de mi familia estaría allí para verme y ver mi impresionante barco Horizonte. Mas todo se fue complicando con las amenazas de algunos de mis ofendidos que me bajaron el ánimo y decidí quedarme en mi tierra y con mi gente. Durante el día me las ingeniaba para ir mirando la travesía del Canal de Panamá. Esa Noche no dormí, tenía mi maleta lista y temprano avisé al Yeoman (persona encargada de Recursos Humanos) que me quedaría. Rápidamente llegó el Chef a intentar convencerme pero entendió que yo prefería mi seguridad y no provocar más ira. El capitán mandó a buscarme y lo hice por educación; me explicó que no era posible, pero yo estaba decidido a bajarme y le expliqué: «Soy costarricense, soy de este bello país y con libertad de expresión —le dije—. A bordo hay gente que no tiene el mismo nivel de educación ni de humanidad y a mí me afectó mucho la injusta amonestación. Ni siquiera me he defendido, sólo quiero quedarme en casa».

A bordo de los barcos, el Capitán tiene en una caja fuerte los pasaportes de los marineros para así evitar que se queden de Banana, así se dice en el argot marinero cuando se quedan ilegales en otro país. Así me pasó al llegar a Nueva York. Ocho llegamos al aeropuerto de La Guardia, de donde llegué solito al muelle ochenta y ocho.

Esta vez me quedé de banana pero en casa y el Capitán, obligatoriamente, debió permitirlo y devolverme el pasaporte. Antes de salir me despedí de los compañeros y al salir y ver a mi familia, fue como un bálsamo de alegría y descanso. Pronto encontré mi primer trabajo como Chef en un barco de buceo a la Isla del Coco. En resumen, ahí aprendí a bucear y a iniciar mi carrera de Chef. Pasado un tiempo encontré trabajo como Chef de banquetes en un hotel de cinco estrellas en la capital, donde por mi empeño y dedicación y un poco de suerte quizá, fui promovido a Sub Chef. Sólo habían pasado tres meses, pero estaba en gracia con el Chef francés a quien admiré y del que aprendí mucho. Al poco tiempo fui promovido a Chef Ejecutivo enviándome a una apertura en Centroamérica, de donde saldría hacia la República Dominicana. Gracias al amigo Santana, el Sub Chef boxeador, conseguí trabajo de Sub Chef en un hotel modalidad todo incluido, donde mi vida dio un giro total y puso mi mundo de cabeza.

FAMILIAS VICENZO - BENEDETTO

Valle D'Aosta, Italia. 2015

NARRATIVA DE MI DIARIO. LUCCIANO

Mis amigos nacieron a finales del siglo XX. Aunque con fechas diferentes de natalidad, Romina Vicenzo nace en Noviembre y Andrea Benedetto en Junio en las cercanías de la ciudad del Valle D' Aosta, al norte de Italia. Crecieron juntos y estudiaron juntos. Ambas familias arraigadas en los bellos paisajes al pie de los Alpes. Su infancia y niñez compartida con los demás niños de piel de ángel, como la nieve, de mejillas rosadas, que corrían por las calles y colinas. Jugando como si el mundo fuera eso, sólo un juego; sin preocupaciones ni apuros. El bullicio de la escuela, gritos, risas y en sus cabecitas había un mundo de maravillas por descubrir, en el diario ir y venir con las mismas actitudes de niños traviesos.

    Andrea y Romina parecían hermanos. Daba la impresión de que el mundo era de ellos dos solamente; todos en el valle sabían de la amistad de ambas familias. Siempre habría quien coqueteara con Andrea, pero él sólo atinaba a sonreír. Ya desde niño se sabía que sería un galán pues sus padres eran muy reconocidos por su gracia física. La madre de Andrea era una dulce y bella dama, que en su juventud participó de diferentes eventos de belleza y modelo de portada de revistas europeas: Fiorella Vicenzo. Ellos sí que fueron una gran familia emprendedora, fuertes en el trabajo y firmes en los negocios. Lorenzo Vicenzo, aún a su edad, era un hombre guapo y con porte de la alta sociedad. Todos de gran educación y fluidez al hablar. Su industria de jamones y lácteos crecía cada día más y más, posicionándose en el mercado local y pretendiendo expandirse al continente europeo.

En el jardín florecido de los Benedetto, Romina sobresalía. Al entrar y mirarla, era la más alta, elegante y sonriente. Una joya de la nobleza, de cuento de hadas; una niña que con su gracia, sencillez y alegría, era amada por todos los varones y quizá envidiada por algunas hembras. Esculpida por los Dioses del amor y la belleza, algunos nos regocijamos tan sólo con sonreírle y si alguna vez le tomamos de la mano, nos transportábamos a ese mundo mágico al que van los enamorados. Pero estaba claro que los hombres nos cohibíamos más hacia ella, que las chicas con Andrea. A él lo rodeaban, lo mimaban, lo asfixiaban, pero al terminar la tarde se le veía junto a Romina, caminando por el pueblo o cabalgando hacia la colina del viejo olivo desde donde se divisaba el resplandor de las puestas de sol; donde las conversaciones podrían ser diversas siempre, donde cualquier tema era motivo de risas y juegos y antes de caer la noche, el regreso a casa era obligatorio.

¿Qué planes tendríamos cada uno? ¿Ya les he dicho mi nombre? ¿No? Bueno, yo soy Lucciano Bonardi, vine de Milán. Mi padre Bruno Bonardi, Profesor de matemáticas y mi madre Giuliana Rossi, Enfermera. Por lo tanto, no tengo el arraigo de las familias locales; sin embargo, Romina es más cercana a mí que a cualquier otro chico que no sea Andrea. La miro con sutileza, no quiero que sospeche que muero por ella, que mis días son cálidos a su lado y eternas las noches de insomnio, no más que a la mayoría de los chicos con los que compartimos, sino más bien creo que todos padecemos de la misma enfermedad. Y no es su culpa, pero sí es culpable esa cara inocente; sus ojos, dos diamantes de color azul media con su mirada dulce y un dejo de elegancia, que cuando inclina su cabeza ligeramente y deja caer hacia un lado su cascada de cabello rubio, pareciera sonreírte y regresar suavemente a su punto de partida. Una criatura dulce pero malvada, aún en su inocencia de serlo.

No es su culpa, pero sí es culpable, culpable de que me duela el estómago al mirarla. Cuando me habla creo que estoy suspendido en el universo, sólo atino a contestarle y a sonreír con timidez.

Cuando mi madre iba a su casa siempre le acompañé. Mi madre, quien atendía a la señora Valentina, madre de Romina, cada vez que se quejaba de algún quebranto de salud, ese era mi pretexto para asistir con la esperanza de ver a Romina. No investigué mucho al respecto, sólo recorría los alrededores y acompañaba a mis nuevos amigos, Romina y Andrea, a donde ellos fueran. Crecimos juntos, era obligado crecer juntos, como suele suceder en muchos pueblos y ciudades del mundo. Este era nuestro entorno. Mirar a nuestros padres hablar de negocios y trabajo, hablar del futuro de sus hijos mientras nosotros sólo corríamos, jugábamos y estudiábamos juntos. Era un mundo maravilloso, de fantasía. Tan hermoso era el verano, como la primavera o el otoño. Diferentes etapas para recordar. El invierno nos permitía reunirnos, jugar en la nieve y tomar chocolate caliente junto a la chimenea, mientras Antonietta, la hermana de Andrea, nos deleitaba con tonadas de violín o de piano, lo cual nos transportaba a lugares de fantasía y nos regocijaba con paz interna, mirando la nieve caer y ese manto blanco cubrirlo todo. Hablábamos de que hacer al regreso de la próxima primavera. Un paraíso donde todo era alegría, luz y color. Así fuimos creciendo juntos, sin separarnos. Las familias más unidas se reunían para compartir y celebrar los acontecimientos con algunas melodías de piano o música suave. Algunas veces era Romina quien se apoderaba de las notas musicales y yo me sentía derretido por sus mágicos acordes. El mundo nunca se acabaría...

El IMPACTO

Viaje al Caribe. Noviembre de 2015

DEL DIARIO DEL NARRADOR LUCCIANO

Los padres de Andrea y Romina preparan las maletas. Cierto, Romina les convenció de no hacer fiesta y viajar a una paradisiaca Isla en el Caribe. Al fin y al cabo era su cumpleaños, por lo que su deseo fue una orden. Fue un plan que encantó también a los padres de Andrea, Lorenzo y Fiorella. Así como a los de Romina, Adriano y Valentina. Todos irían a República Dominicana, donde les esperaba un mar de ilusiones transparentes y cálidas como sus sueños.

—Lucciano, ven con nosotros a Punta Cana, vamos a celebrar los quince años de Romina.

—Pero no tengo dinero para ese viaje.

—Anda, despreocúpate que yo me encargo, quiero que vengas como nuestro mejor amigo.

—Ah, bueno, así sí. Cómo decir no a Punta Cana, al Caribe. Ni loco, iré empacando.

Llegado el día del viaje, acompañé a las familias Vicenzo y Benedetto al Caribe. A la llegada al hotel, mi amigo Andrea venía con algo de malestar, casi no hablaba y su palidez nos preocupaba; tardamos casi 16 horas en el viaje. Andrea y yo nos acomodamos en la habitación. Romina estaba en una habitación triple con sus padres y los padres de Andrea en la habitación del costado opuesto. Así es que Andrea y yo estaríamos en medio, sin poder hacer mucha fiesta y bien controlados, aunque la verdad no lo requeríamos, pues la idea era pasarla bien en familia y que

Romina tuviese su mejor celebración de quince años. Romina decidió ir a buscar algo de alimentos para Andrea y yo me quedé cuidándolo.

—Hola, quiero una sopa para mi amigo que está enfermo, pero tengo requerimientos especiales ¿puedo hablar con el Chef?—Un momento señorita —el mesero se dirige a la cocina—. Chef, hay una señorita que quiere algo especial.

—Sí, ya voy… Hola señorita, ¿en qué puedo ayudarle?

—Una sopa de pollo sin grasa, sólo caldo y vegetales con unas rebanadas de pan. Mi amigo está enfermo, llegamos ayer y no ha comido nada, y nos preocupa.

—Con mucho gusto, pero deberá esperar unos minutos para preparársela. Nos da su número de habitación y yo le haré llegar su pedido.

—Está bien, pero mejor yo la esperaré y la llevaré yo misma.

Ella espera mientras el jefe de gorro alto va a su cocina.—Hey, hey, a trabajar. Necesito dos tazas de caldo de pollo, vegetales frescos en juliana, pasta al dente y una cucharada de pesto de albahaca. También unas rebanadas de pan focaccia de hierbas, con aceitunas negras y sal del Himalaya.

—Wow, te impresionó la señorita —comenta el mesero.

—No es para ella y ponte a trabajar. Ricardo, prepara la sopa y ya sabes, es VIP; envíala por servicio a la habitación o entrégala a la señorita… creo que ella quedó en esperarla.

Minutos después, Ricardo se acerca a Romina.—Señorita, aquí está el servicio solicitado. Buscaré un camarero que le ayude a llevarlo.

—No, gracias, lo llevaré yo misma.

—Está bien. Pero si gusta la acompaño, lo haré con agrado, ¿vamos?

—Vamos. Es usted muy gentil.

Ya en la entrada de la habitación, Romina le dice:—Adelante, por favor.

—Con su permiso, disculpe. Aquí está la sopa que me solicitó la señorita. Espero sea de su agrado. Está bastante liviana, sé que se sentirá mejor y de seguir indispuesto, por favor hágalo saber a la Recepción y de ser necesario buscarán atención médica.

—No, no, sé que es el mal del viajero. Es la primera vez que volamos tan lejos y el cambio de horario y todo eso, ya sabes, lo he leído por ahí.

—Bueno mi nombre es Ricardo, soy el Sub chef y estoy a sus órdenes.

—Ah, mi nombre es Andrea. Venimos a celebrar los quince años de Romina. Su familia y la mía.

—Bienvenidos, recupérese pronto y disfruten su estadía.

Cuando se disponía a salir, Romina lo detiene:

—Espere joven, tome un pequeño reconocimiento.

—Disculpe, no debo recibirlo.

—Es con mucho placer que lo hago. Acéptelo, me sentiré ofendida si no lo hace. Nuestras familias están en estas habitaciones continuas y estaremos al pendiente de cómo sigue Andrea. En cuanto se recupere iremos a verle.

—Con agrado, para mí es un privilegio. Disculpe ¿y de dónde vienen?

—De Italia. Somos del Norte, del Valle D' Aosta.

—Tengo que averiguar dónde es, no había escuchado de su ciudad.

—Y usted, ¿de dónde es?

—De Costa Rica.—Ah, ¿Puerto Rico?—¡No! Costa Rica, Cos-ta-ri-ca. Puerto Rico es una isla que es un estado Americano de habla española. Costa Rica es un pequeño país de Centroamérica.

—Oh, mis disculpas. También debo investigar para no confundirme. Pero bien, nuevamente le agradezco su gentileza. Nos vemos luego. Muchas gracias.

—Es un placer y estoy siempre a sus órdenes.

NARRATIVA DEL DIARIO DE RICARDO

Al salir abrí el pequeño sobre rosado, como perfumado con rosas; encontré una pequeña nota y veinte euros. Tuvo tiempo para escribirme: "Una acción tiene más valor que miles de Euros". No sé si alguna vez lo había escuchado, pero estaba seguro de que me impresionó esa vez, y nunca utilizaría mis veinte euros.

Salí con el corazón bombeando sangre a punto de ebullición y mi cabeza estaba nublada. Qué extraño frío recorrió mi cuerpo. Qué tipo de sentimiento puede provocar una mujer tan dulce, hermosa y sensual. Sus ojos parecían dos estrellas de diamante, su cabello caía como una catarata de hilos rubios que brillaban como el sol. Sus mejillas de piel de seda, labios rojos y tiernos como la flor que hay en mi montaña; las palabras que salen de ellos son como notas musicales.

Su caligrafía de aristócrata, todo parecía un cuento de hadas; verla caminar era como flotar sobre nubes de algodón.

Creo que la veré de nuevo, y me aseguraré de que suceda. Revisando en los libros de reservaciones de cada restaurante de especialidades para el próximo día… ¡Bingo! Reservaron en el japonés para las 8 p.m. Mesa para 7 personas. Quiero verla, sólo eso hay en mi cabeza.

Al día siguiente…

—Chef, hoy estaré en el restaurante japonés. El encargado se siente mal del estómago y hay mucho trabajo; ya está coordinado el Buffet e igual revisaré las aperturas de los otros reservados.

—Bien hecho, muchacho —respondió palmeándome la espalda.

Ya lo había coordinado con Siang Lee, el chef del restaurante japonés. Le di el día de libre. No fue nada difícil convencerlo y él, feliz, lo tomó. Apresurado y con tanta energía positiva, que la brigada del restaurante japonés estaba extrañada y murmuraban: «¿Y a éste qué mosca le picó hoy?» Les respondí: «Es pasión por la cocina y siento admiración por la gastronomía japonesa. Hoy Siang no se siente bien y además necesito revisar los estándares de esta brigada, y estaré consultando a nuestros comensales su experiencia esta noche.

Vamos a hacer lo mejor que sabemos hacer. Ustedes son el servicio más recomendado en nuestro hotel».

Esa fue una inyección de adrenalina. Nadie dijo una palabra más y la estrategia funcionó a la perfección. Procuré tener todo en su punto y que al verla llegar mi corazón soportara con impavidez y hacerle ver que no percibía su presencia. Eso era una misión imposible. Mi corazón estaba en guerra con los riñones y revoloteaban mil mariposas en mi barriga. Esperaba no tartamudear, saludar en otras mesas primero, para hacer parecer la rutina muy normal.

De ese recorrido no recuerdo ningún rostro, ninguna respuesta, ninguna felicitación, solamente el momento en el que llegó a salvarme. Mientras un halo de brisa marina recorría mi cuerpo, ella tomaba mi mano y con una voz celestial me dijo:

—Hola, ven, quiero presentarte a mi familia.

Tampoco recuerdo sus caras ni lo que me dijeron, sólo que al soltar mi mano pude respirar y responder cortésmente y desearles una agradable estadía. Andrea sí me regresó a la realidad. No sé si notaría que mis ojos estaban como de borrego a medio morir o más bien como de un bobo tomando un frasco de linaza —me dio risa esta tontería mía—, pero me agradeció por la atención y me dijo: «La mejor sopa que he tomado después de la de mi madre, claro —comentó entre risas—. Me siento mucho mejor. Mañana te busco para charlar un poco. ¿Sabes? tenemos un restaurante familiar y me gustaría conversar de Gastronomía contigo».

Bueno, si ya estaba estupefacto por Romina, hablar de mi gran pasión seria genial, y de paso acercarme a ellos, hacer amistad. Iba preparado y entregué una tarjeta de presentación y les invité para agregarnos en páginas sociales; bueno, a los tres amigos.

—Sí, claro, por supuesto; ya mismo te tengo en mis contactos.

Agradecí y me retiré delicadamente, sin mirarla a ella, pero mi corazón daba saltitos entre lo normal y lo estúpido. Mi otro yo me decía (El pragmático): «¿Qué te pasa? ¿eres imbécil, o qué? Ella no está a tu alcance y de seguro, él es su novio». Pero también tengo mi otro yo (El irracional, el romántico): «Já, já, já ¿y qué importa? ¿y si a ella le gustas?. Hay posibilidades. Además, te mereces todo lo mejor del mundo». ¿Y qué tal ella? La próxima vez le preguntaré si él es su novio.

Esa noche no dormí, di mil vueltas con un sólo pensamiento: Romina. ¿Qué clase de brujería es ésta? Tan sólo unas palabras en un par de ocasiones y me mata el insomnio. Soñaba despierto, deseando que amaneciera pronto para buscarla, para poder verla. Me mantuve en el buffet, desayuno, almuerzo y cena. Visité el snack más seguido, echaba un vistazo a la playa e hice recorridos alrededor de la piscina, dizque recogiendo platos y vasos, disimuladamente. Cuando la localizaba, buscaba un punto muerto para poder verla con disimulo y camuflado.

DEL DIARIO DEL NARRADOR LUCCIANO

Me levanté a la mañana siguiente antes de salir el sol y miré la playa. Arena blanca, agua color esmeralda y corrí a llamarles para bajar a desayunar. Ya en el restaurante Romina parecía buscar con la mirada, hasta que se levantó y preguntó algo a un camarero. Éste fue a la cocina y al ratito salió con Ricardo y se acercaron a la mesa.

—Hola, buenos días.

—Buenos días —contestaron todos.—Ya conocimos a Ricardo —dijo Romina—, quiero que converse con Andrea. Tienen un tema pendiente y estamos agradecidos por su gentileza.

—Es un gran placer y espero que Andrea esté mejor.

—Sí que te lo agradezco, estoy mucho mejor. ¿Sabes? tenemos un restaurante en Italia y quisiera conversar de cocina durante nuestra estadía.

—Mis respetos por la gastronomía Italiana. Mis sueños son viajar, aprender y crecer; quisiera algún día poder ir a Italia.

—El nuestro no es un hotel aclaró Lorenzo—, pero es cocina autóctona. No hay espacio para estos inventos modernos. Sólo cocina clásica: buena pasta, buen queso, crostinis, embutidos y buen vino. Yo no quiero más que eso en mi mesa. La cocina de la Mia Nona —todos ríen.

—Papá, no digas eso —respondió Andrea—, deja espacio a la creatividad. Nuestra generación gusta de la cocina moderna y realmente en nuestra ciudad no hay, creo que es un espacio que podemos aprovechar y ofrecerle a la juventud algo diferente en compañía de la familia.

—Bueno hijo, eres el Jefe, Invítalo a nuestro restaurante, pero a mí me deja mis recetas y mi menú; aunque tienes razón, mira, aquí tendré que comer estos manjares durante el viaje.

—Bendiciones, padre mío, así lo haré.

Mientras escuchaba la locución, Romina miraba detenidamente a Ricardo sin que se percibiera algún interés por él. Pero había un destello de luz en sus hermosos y celestiales ojos azules, una especie de sonrisa disimulada y con la brisa del mar Caribe azotando su radiante cabellera, que en repetidas ocasiones la obligaba a recogerlo con sus manos. Sabía que alguna ilusión pasaba por su cabecita y yo estaba dispuesto a saber qué sería. Luego había que disfrutar las salidas al mar y la playa. Romina se bronceaba en una tumbona con un sombrero hecho de hojas verdes de cocotero, que le compró a un vendedor lugareño. Bebía agua de coco tierno y mientras leía, aproveché para tocar el tema del cocinero:

—Amiga, ¿verdad que es un cocinero muy gentil?

—¿De quién me hablas? Ah, sí... de Ricardo. Sí, es un chico encantador, me gusta su porte latino, noble, educado... y hay algo más en él, no sé qué es realmente, me parece pícaro. Es extraño, pero es como si necesitara conocerlo. Y es muy servicial, sí, muy servicial.

—Sí, claro, contigo ¿quién no es servicial?

—Já, já, já, no digas tonterías. ¿Crees que yo le he causado buena impresión?

—Uf… tú siempre causas buena impresión. Con Ricardo lo averiguaremos. Sólo esperemos su reacción a la invitación de ir a Italia. Lo vi muy emocionado. Ahora, lo que no me quedó muy claro es porqué tanta euforia por ir a Italia ¿será por lo de su profesión o hay algo más?

—Claro que es por eso. Imagino que le encanta viajar, aprender y nosotros le brindamos la oportunidad; ya lo escuchaste de su propia voz. ¿Tú qué harías si se te presenta la oportunidad de viajar a Nueva York, por ejemplo?

—Claro que iría, tienes razón, pero…

—Pero nada, debemos hacer unos paseos y podríamos invitarle. Sé que está trabajando, pero podríamos intentarlo.

Al siguiente amanecer procuramos verle y hacerle la invitación.

—Sí, sí —replicó Ricardo—, tomaré unos días de descanso y los acompaño.

Miré a Romina y ambos sonreímos disimuladamente.

En los días posteriores, Ricardo se las ingenió para acompañarnos a algunas actividades en las que disfrutamos de su compañía. Su amistad empezó a nacer y con su buen humor nos hizo reír, siempre con algún chiste o broma de buen gusto. Ya mar adentro, en un viaje de snorkel, los miré jugar y bailar flotando en la nada; mejor dicho, en el agua y al ritmo de la música local, entre bachatas y merengues.

Ricardo era buceador y prometió enseñarnos y prometimos que buscaríamos una escuela de buceo en Italia para tomar la licencia Uno, la básica de aguas abiertas. Se irradiaba gozo, y no percibíamos nada inusual. Al igual, Andrea se divertía en los juegos de Voleibol de playa junto a otros viajeros, en especial las jovencitas hermosas tanto caribeñas de cuerpos de ébano magistralmente contorneados, así como europeas de cabello rubio, tez caucásica y ojos de múltiples colores, como joyas de un tesoro: esmeraldas, rubíes, topacios, con sus hermosos cuerpos cargados de arena pegada a la piel, gracias al lustre del bronceador. Y es que en la playa y de juerga todo es válido. No faltaron en todo momento las sesiones de fotos para subirlas a redes sociales, pues mi tarea era ser el fotógrafo del viaje.

De regreso al hotel y aún somnolientos por el sol y la cerveza, sólo nos dimos una ducha de agua dulce; no teníamos deseos de estar en la habitación, así es que nos dimos unos chapuzones en la piscina y nos quedamos dormidos bajo la sombra de las palmas de coco. Ya había caído la noche y no fue sino hasta que el despertador designado nos levantó. Eran las madres de Romina y Andrea. «Roncaban como gatitos», nos dijeron. Romina preguntó:

—¿Yo también, madre?

—No, tú no, hija, este par de leones —risas —. Vayan a vestirse y nos acompañan a cenar.

Para sorpresa de Romina, los padres reservaron un espacio en el espectáculo después de la cena, asegurándose de que estuviéramos, y para ello, se contó con la complicidad de Ricardo. Era dieciséis de Noviembre, el día de sus quince años, y pareciera que Romina lo había olvidado, embobada con la diversión del día a día. Esa noche el espectáculo era Burlesque, tema que además fascinaba a Romina y a sus padres. Al final de la presentación, los artistas presentaron un pastel blanco con rosas de colores rojo y rosa que tenía una leyenda y decía: "Felices quince años, princesa Romina". Siguió el canto de "Happy birthday" en Inglés por todos los huéspedes y el aplauso general era como lluvia en la playa.

Romina, con los ojos humedecidos, agradeció mientras interrumpían con un estruendo de guitarra, de esos que erizan la piel; ella quedó congelada, boquiabierta, mientras los presentes aplaudían con más fuerza. Dedicado a la cumpleañera. Una de dos canciones:

La primera, un himno al amor Italianísimo: "Cosa più bella" de Eros Ramazzotti (La cosa más bella), cantada en Italiano y para sorpresa de la familia... era Ricardo. ¿Ahora entienden? Luego ofreció a los presentes una en Inglés: "Waiting for a girl like you" (Esperando por una chica como tú), pero yo no me tragué ese cuento. Mientras yo tomaba fotos miraba a Romina cantarla en voz baja y con una sonrisita jamás vista en ella, como mordiendo sus labios y suspirando a la vez. La verdad es que nos sorprendió a todos. Aunque utilizó pistas y apoyo digital, su presentación fue excelente y fue aplaudido como al mejor artista. Sólo escuché a Romina murmurar suavecito: «Cocinero y cantante... me mata, qué bello» y le dio un abrazo y un beso en la mejilla.

Creo que Ricardo debió sentir una daga atravesando su cuerpo de pies a cabeza y no se lavaría la cara en mucho tiempo.

Esa noche Bailamos y nos sentamos en la arena a conversar hasta casi media noche, luego nos despedimos y cada uno fue a descansar.

Planeamos ir al día siguiente a conocer Los Tres Ojos y luego a la ciudad. El ingreso al parque está de camino entre Punta Cana y Santo Domingo, por lo que al llegar decidimos quedarnos una noche y avisamos a los padres de Romina y Andrea, no sin antes escuchar todas las recomendaciones de tener mucho cuidado, pero valió el boleto. Las cavernas son maravillosas, con aguas cristalinas y tibias. En la ciudad caminamos por el Malecón y recorrimos El Conde en la ciudad colonial y parte de la noche la pasamos ahí; bailamos y tomamos y nos hospedamos sobre el paseo en la zona, donde realmente nos sentíamos seguros y muy alegres. Nos invitaron a ir a Puerto Plata, por lo que tomamos partida antes del amanecer, rumbo al norte. Desayunamos de camino en el Valle del Cibao y llegamos temprano. Recorrimos el Malecón de Puerto Plata. Allí nos preguntamos el porqué de la canción "Hasta que se seque el malecón". O sea, nunca. Ahora entendíamos. Subimos a la Loma Isabel de Torres en teleférico, pero Romina quería entrar al parque acuático Ocean World Adventure Park, por lo que nos apresuramos y tomamos fotos rápido. Increíble vista de la cuidad y la zona hotelera. De la visita al parque, Romina y Ricardo interactuaron con los delfines. Andrea, más precavido, se metía con los tiburones Monja o Gata, algo así, y el acto con foto final de una enorme foca graciosa. Pero debíamos salir temprano porque el viaje de regreso al hotel era de aproximadamente ocho horas y no queríamos que el chofer y guía se nos agotara.

Ricardo se detuvo en un puesto de souvenirs y compró tres joyas de ámbar. Una pulsera para cada uno.

—Es sólo un detalle para que me recuerden y no olviden nunca este paraíso.

Agradecimos y continuamos el viaje. Tanto que nos quedaba por descubrir de esta hermosa Isla, que deberíamos regresar. El guía, nuestro chofer, no paraba de hablar; nos platicaba de historia, de museos y zonas turísticas que realmente nos dolía no conocer. Un par de excursiones previo al regreso a casa obligatorio era ir al Salto del Limón en las Terrenas. Parte del viaje se hace a caballo, cosa que no nos molestaba, ya que éramos buenos jinetes.

Por la noche, de regreso al hotel, estábamos reunidos frente al mar para la fogata. Creo que se sentía un poco de nostalgia al saber que el viaje estaba finalizando. Hablamos de las experiencias, de nuestro pasado, de familias y algo de negocios. Ricardo nos habló de su país y aunque habíamos escuchado de Costa Rica, nos dejaba soñando conocerlo algún día y las invitaciones no se dejaron esperar. Lo más acertado fue la invitación de Andrea a Italia y el sí de Ricardo.

—Como ya sabes, tenemos un restaurante de cocina Italiana clásica. Ya escuchaste a mi padre que no permite que se cambien las recetas, pero yo quisiera ofrecer además un menú moderno. ¿Sabes? cocina con nuevas técnicas y presentaciones, en especial para el viajero y las nuevas generaciones. Puedes estar unos meses, adaptarte y analizar si te gusta. Tengo unas habitaciones en la planta de proceso de embutidos y lácteos y te pagaríamos los gastos, un salario, y si te agrada, puedes quedarte el tiempo que desees. Mi padre se encargaría de los papeles y permisos.

—Eso suena genial y sí, me encantaría. Es algo que late en mi corazón desde que decidí entrar al mundo de la cocina: viajar, crecer, aprender y hacer amigos, muchos y buenos amigos. Y Europa es un sueño que ahora se abre y se me hace realidad, no lo puedo desaprovechar y de corazón se los agradezco.

—Entonces nos pondremos de acuerdo, seguiremos en contacto.

Romina sólo escuchaba, miraba y sonreía; no decía una palabra, lo cual me era muy suspicaz. Yo en mi interior sabía que ella estaba radiante de alegría de saber que nuestro nuevo amigo se uniría al grupo, aunque no era del todo de mi agrado... más competencia para mí. Bueno, en verdad yo no tenía esperanzas pues en las familias existía ya el pacto de sangre, pero me sentía satisfecho de compartir y estar cerca de ella. En fin, al día siguiente estaríamos de regreso. Nos despedimos de Ricardo, el cual parecía ansioso, como queriendo viajar con nosotros.

Los días posteriores nos escribíamos, mantuvimos conversación y yo imagino que Ricardo y Romina sí se escribían a diario y varias veces al día.

PRIMER VIAJE A ITALIA

Italia, Marzo de 2016

TRES MESES DESPUÉS

Había conmoción en las familias de Andrea y Romina, un tanto excitados por la noticia de que Ricardo vendría. Andrea había coordinado todo. Iríamos los tres a recogerlo al aeropuerto internacional de Milán-Malpensa. Yo me senté atrás obligando a Romina a sentarse al lado del conductor. Un gesto inteligente de mi parte hacia mi amigo Andrea. Al regreso, Romina se sentó atrás por lo que acto seguido me senté al lado de ella con otra jugada a favor de Andrea, pues Ricardo viajaría adelante para que disfrutara del paisaje y conversara del viaje, aunque Romina me pellizcó la cintura y me hizo un gesto, no sé por qué. Ricardo iba maravillado con los paisajes atravesando la región de Piamonte hasta el valle D' Aosta. Campiñas, cultivos, pueblos, castillos y arquitectura.

Siempre hacía algún comentario extasiado y sólo atinábamos a sonreír y hacíamos de guía para nuestro invitado, que nos obligaba a detenernos para poder tomar fotografías. Sólo en ese trayecto se tomaron más fotografías que en todo el viaje al Caribe. La verdad, debo confesar que miré cosas que antes no había apreciado de mi hermoso país; el invitado nos estaba obligando a comentar y de paso valorar esas hermosas estampas que en el diario vivir sólo el turista le pone precio y aprecio.

Al llegar, lo primero fue hacer un recorrido por la ciudad, pasar frente al restaurante y llevarlo a su habitación para que descansara. Andrea decidió acompañarle un rato para hacerle sentir como en casa. Ricardo pidió un tiempo para comunicarse con su familia y notificarles de su llegada y despreocuparles. Parecía salírsele el corazón, se veía la felicidad en su cara y la motivación. De permitírselo nos hubiera abrazado y no hubiera descansando ese primer día. A la mañana siguiente se le recogió y visitamos a la familia Benedetto, quienes lo acogieron con mucho agrado, en especial Romina, quien parecía brillar como una estrella y que sólo yo notaba ese destello de luz salir de su celeste mirada. Un dejo elegante en su sonrisa y sus mejillas parecían cambiar de tono pálido a rosado. Bueno, parecería molesto que sólo yo lo percibiera, pero si pudiera ponerle un estetoscopio o tomarle la presión, sentiría que un volcán iniciaba su desarrollo de erupción. Hoy se vistió sobria y elegante, toda una princesa bajando por la escalinata y eso a sus padres les maravillaba. Ricardo estaba sorprendido, como en un cuento de hadas. Andrea, que vivía despreocupado pero sin dejar de ser un caballero, con su acostumbrada elegancia, la tomó de la mano y le hizo un cumplido: «Estás muy hermosa, como siempre, pero hoy más que nunca». Romina le agradeció, sin embargo, su mirada de a poco se posaba en Ricardo como preguntándose: "¿Me estas mirando? ¿qué tal me veo?, ¿te gusto así?" El típico coqueteo de las mujeres al caminar pausado con movimientos tenues en sus caderas... oh, mujeres... Pero sigo siendo sólo yo quien sospecha. ¿Por qué?

—Hoy no trabajaremos —dijo Andrea—, haremos una caminata. Quiero que Ricardo se familiarice con nuestro valle, la industria, la familia y el entorno. Almorzaremos en el restaurante y le presentaré a la brigada para que mañana se ponga su chaqueta de Chef, o Filipina... ¿cierto? así le llaman en la alta cocina.

—Cierto, pero es chaqueta. No me agrada lo de chaquetilla porque es despreciativo y la verdad la chaqueta enaltece nuestra profesión y nos hace un grupo diferente. A más sobriedad, presentación y elegancia, más valor adquieren los platillos.

—Eso me gusta. Necesito llevarte a mis presentaciones internacionales como nuestro Chef, cuando lo requiera.

Necesitamos un profesor que le dé clases de italiano, no muchos hablan castellano aunque algunos hablan Inglés; aquí somos frontera con Suiza pero en el restaurante va a ser necesario hablar un poquito de italiano. Por ahora seguiremos siendo nosotros quienes le enseñemos lo básico.

—Desde que ustedes regresaron del Caribe, he estado practicando. Ya sabes, con canciones y lo que hay en internet, mucho es basado en el latín y se avanza más rápido, pero está la fonética, que ya estando aquí intentaré avanzar con prontitud.

Romina seguía sin decir palabra, pero si yo pudiera leer su pensamiento, ella estaría deseando unos minutos a solas con Ricardo para conversar de cualquier tema. Se quemaba por dentro y se notaba por fuera. Inquieta, deseando interrumpir y cambiar el tema.

En la cena Andrea tomó conversación y comentó a la familia que debía hacer algunos viajes a Inglaterra y Suiza y que posiblemente estaría viajando por los demás países europeos para comercializar los nuevos productos cárnicos y embutidos. Era un joven emprendedor y su padre le apoyaba en todo y estaba orgulloso de que su generación tuviese esa fuerza que garantizaría el éxito a futuro.

—Les encargo darle todo el apoyo que Ricardo necesite en mi ausencia. Mañana nos divertiremos un poco por la tarde. ¿cierto, Romina? Iremos a las colinas, hay un lugar especial para nosotros que nos encanta y seguro que te va a gustar a ti también.

—Nuestra colina —comentó Fiorella, madre de Andrea—. Hace mucho que no vamos.

—Hay un corazón con una "F" y una "L", ¿es de ustedes? Pobre olivo —risas.—Sí —aceptó Fiorella con nostálgica voz, mientras tomaba la mano de Lorenzo—, este fin de semana iremos, mi amor.

—Llevaré una botella de vino de la casa de Adriano, queso, jamones y grissinis. Y pondré a cuidar que nadie suba al olivo. Estaremos solos tú y yo.

—Como en los viejos tiempos, mi amado esposo, como cuando me conquistaste…

—Reservaré un fin de semana para llevar a mi amada Valentina a esa colina también —dijo Adriano—. Hay una "A" y una "V".

—Eso si es un verdadero árbol familiar —comentó Ricardo provocando las risas de todos.   Romina sólo asintió con un gesto de aprobación mirando a los presentes reír con los chistes blancos de Ricardo, mientras limpiaba sus labios muy delicadamente con su servilleta.

Al siguiente día fuimos los cuatro a caminar por la colina. Era un día fresco y no salía el sol con algo de brisa, lo que presagiaba la llegada de la primavera al llegar al viejo y retorcido tronco de un hermoso árbol de olivo, el cual era el punto de encuentro de muchas generaciones, como ya se habrá notado. Otro tronco caído sobre el musgo nos servía de banca con una vista privilegiada de los paisajes del valle y la ciudad. Ricardo exclamó:

—Es hermoso, quiero recorrer esos viñedos y comerme un par de esas uvas.

Hay lugares en mi país así de hermosos pero con cultivos de hortalizas y vegetales, como para sentarse a meditar, dibujar, a escribir o sólo hablar con Dios.

—¿Dios? —exclamó Romina.

—Sí —respondió Ricardo—, yo soy creyente de mi fe, de mis convicciones y he recibido la gracia en mi vida de llevar en mi corazón las creencias que mis padres me inculcaron. ¿Saben? eso me ayuda y fortalece mi forma de pensar, la forma de enfrentar la vida, de luchar aún en la adversidad. Respeto lo que los demás piensen o crean. Estoy convencido de que existe en su estado puro, no como una persona, viejo barbado, gruñón y vengativo. No… Dios es un estado de energía, sentimiento y bondad. Es una ley Universal, o mejor dicho, Dios es el Universo mismo, que no entendemos y de verdad les digo lo que yo exprese o pienso es mi sentir, nadie debe creerme. Expreso como siento y vivo mi fe y estoy aquí, desde donde nos difundieron la doctrina Cristiana. Si no fuera por las enseñanzas del Nuevo Testamento, de Jesús y su vida, no tendríamos las normas y el orden espiritual para guiarnos. No impongo ni puedo decir que tengo la razón, es sólo mi convicción para luchar por lo que quiero y lo que quiero es vivir a plenitud, gozar lo que tengo y puedo. Aunque llegamos a la vida sin nada, eso dicen, pero yo pienso que llegamos con una pluma y una hoja en blanco; lo que escribamos en ella depende del uso que le demos a nuestro viaje. Si te detienes a pensar, todo se rige por lo bueno y lo malo. Dios y el Diablo. El Yin y el Yan. La energía está en dos estados, positivo y negativo. Nuestros sentimientos se rigen así. Sólo tenemos dos sentimientos: felicidad o tristeza. La felicidad atrae todas las cosas que nos agradan, la tristeza también atrae pero todas las cosas que no deseamos. Yo decido ser feliz y vivir con alegría, pero en ese misterio que no se ve, las malas vibras aparecen para llevar equilibrio; como no puede existir sólo energía positiva... Perdón por esta charla, pero así soy y expreso mi forma de pensar. Cada uno de nosotros y cada ser humano que ha vivido, vive y vivirá, tendrá la capacidad de creer, hacer y expresarse a su manera. Venimos con el software en blanco.

—Me parece muy acertado y muy bien expresado. No soy tan buen feligrés, mis padres no son tan creyentes o al menos no me inculcan religión y aun así estoy agradecido. Y me agrada lo que expresas, tiene mucha coherencia y sin fanatismo.

Ricardo les explica a su manera:

—Hay algo que me inspira cuanto estoy en nuestra finca, en especial en el bosque Los Bobos, que es una montaña muy especial para mí. Hay una conexión espiritual que no logro descifrar, aunque no sólo allí sucede, pero encuentro más y mejores pensamientos, con más fuerza, cuando estoy en ese paraíso. Tiene que ver con espacio y tiempo, hay allí un portal a un Universo paralelo que no se ve a simple vista. De pronto ni existe, pero como yo lo imagino seguro lo materializo. Se siente con el alma, solamente si alcanzas ese nivel. Para la meditación o para hacer yoga, es el lugar ideal. Las personas comunes sólo ven árboles y maleza, yo percibo cuando el bosque me recibe, aparece la brisa que acaricia mi piel y se siente, cantan las aves, canta el río y los escucho; los árboles abren sus ramas y los veo. No me creerían si les digo que los peces saltan y caen de costado al agua, especialmente al atardecer. Al estar allí, cerca de los rápidos del río, cierro los ojos y solamente escucho, siento la calma interiormente. Cualquiera que lo practique sabrá que tengo razón. Los humanos vamos como robots por todos lados sin observar, sin escuchar y sin sentir la música, el canto, los latidos de nuestra casa que llamamos planeta Tierra.   Romina, un poco más callada que de costumbre, dice:

—Me gustaría saber más de tu fe y me gustaría sentir algo más en mi ser, algo así como lo que tú sientes. Que me lleves a ese bosque y me enseñes a escucharlo. No tengo la enseñanza ni el ejemplo para pensar igual. Creo que todo depende de la educación, de generación en generación, pues en mi familia no es acostumbrado y creo que sería interesante pensar como tú.Ricardo toma una bocanada de aire italiano y suspira.—Ah, yo hablo de mi paraíso, pero sucede en cada rincón de nuestro mundo. Debe salir de tus sentimientos, lo que quieras en la vida. Lo que desees llegará y luego te podrás dar cuenta cuando ya ha sucedido. Pero nunca es como una fotografía, no… tendrá otra forma, pero sí la esencia de lo que deseaste. Muchas veces ni nos damos cuenta de que lo que deseamos tiempo atrás fue cumplido, porque con el deseo se puso en marcha una fuerza invisible, manos a la obra. Si deseaste ser doctor, vas a la Universidad y te preparas para ser doctor, te gradúas, encuentras trabajo y nunca pones atención a que de niño lo deseabas. Yo deseaba ser Chef, busqué las vías para trabajar y aprender. Soñaba con viajar, busqué trabajo en cruceros y viajé y miren, sigo viajando. Algo o alguien nos cruzó en el camino. Uno sueña con hacer o tener algo que a uno le gusta y para lo que uno tiene habilidad, pero hay que ayudarle al Universo. Hay que atender cuando las oportunidades se presentan, hay que estar preparado para poder comprar esa oferta.

—Pues visto así ya soy creyente de tu Dios. Y lo necesito en mis negocios.

—Y yo lo necesito también en los míos.

—Es nuestro Dios, porque Él es el único, es gratis, es principio y fin, es espíritu, es energía, está dentro de nosotros y nosotros en él. Perdón de nuevo, pero estoy sintiendo que también hay magia en este lugar. Hasta podría ser la otra entrada o salida del portal invisible de mi bosque a esta colina. Al menos lo puedo imaginar. Estoy aquí pensando estar allá y hasta lo puedo sentir. Cierro los ojos y puedo escuchar mi catarata y puedo ver los árboles de corteza, sus colores. La flor labios de mujer, su rojo intenso y cuando esté allá, pensaré y desearé estar aquí, y allá miraré este valle, este olivo, y sentiré esta brisa y los miraré a ustedes. Lo maravilloso es tener los recuerdos de ambos lados, lo cual me hace sentirlo real. Esta colina es un lugar desde donde uno se puede inspirar.

—Sin tener la conciencia de un pensamiento tan profundo, tan limpio y noble como el tuyo, Ricardo, te aseguro que Romina y yo ya lo hemos sentido desde siempre y mira nuestro árbol de olivo, tiene un sello nuestro y la llave de ese portal mágico. Posiblemente una firma de eso que llamamos amor.

—Sí, así mismo es —dijo Ricardo—, mientras Romina tomó de la mano a Andrea.

La tarde llegó, cabalgamos de regreso, sonreímos y escuchamos anécdotas, historias y quizá algunas mentiras de nuestro invitado viajero; ¿cómo saber si todo lo que nos decía era cierto? Pero quedó en pie la invitación de ir a Costa Rica. Sí, soñábamos con ir. Planeamos que sería el próximo año. Habló de volcanes, ríos, cavernas, playas, montañas, pesca, romerías, fútbol y mariposas. También nos alardeaba de la gente linda y su saludo: "Pura vida". Que más de la mitad de su territorio es parque nacional o reservas forestales y Romina dijo: «Es cierto, vi la película Jurassic Park». Casi de inmediato vino una aclaración que tumbó su ilusión.

—No, no es Costa Rica el paisaje de la película. Ni la capital está en la playa, ni somos una Isla.

Entre risas y abrazos regresamos y dejamos a Romina en su casa y nos quedamos conversando un poco de trabajo.

Al día siguiente, Ricardo se presentó al restaurante mucho antes que los demás. Venía vistiendo uniformes nuevos, chaqueta blanca de doble botonadura con incisos negros. Su nombre bordado en letras color oro y la leyenda Chef Ejecutivo, Ricardo Corrales. Pantalón bombacho gris con dibujos de herramientas de cocina y delantal blanco largo con bordes negros. Zapatos de cocinero cerrado color negro y gorro alto blanco. Andrea llegó casi de inmediato, acompañado por Romina.

—Wow, wow, mi Chef. ¡Habemus Chef!

Romina lo miró y dijo:—Qué elegante estás, mi chefecito —y tomó muchas fotos, disque para publicidad. Así lo convenció de posar para su cámara mientras se deleitaba mirándolo. Yo la miraba a ella, su cara cambiaba de gestos y mordía sus labios mientras Andrea atendía su celular.

Ricardo miró el menú, revisó la despensa, la producción y preguntó:—¿El señor Lorenzo está de acuerdo con montar un menú extra?

—Sí, sólo que vamos a respetar la carta clásica y podemos hacer una carta pequeña y crear unos especiales para ofrecer a nuevos clientes, jóvenes y viajeros. Llevaremos el control y lo más importante será la satisfacción de nuestros comensales y con eso convenceremos a papá. Aquí lo importante no es la ganancia, éste es más un punto de reunión de los viejos y las familias de la ciudad para sus tertulias y negocios. Ya por sí solo el restaurante deja utilidad, no te preocupes por eso. Sólo enfoquémonos en calidad, variedad y satisfacción.

Teniendo esto claro, Ricardo hizo una pequeña reunión de presentación y manos a la obra. En su cabeza daban vuelta las nuevas ideas que pronto pondría en marcha. El equipo se sintió a gusto y el nuevo Chef se involucró en el aprendizaje de los platillos locales y dio como resultado la pronta salida de una nueva cartilla que recibió elogios por el servicio, la calidad de siempre, el buen sabor y su presentación, lo que las familias agradecieron y felicitaron al Chef. Un mes después Ricardo recibió una invitación para participar de un taller gastronómico en Roma y solicitó el permiso por dos semanas. Romina se acercó y le preguntó dónde estaría.

—Aún no sé —respondió Ricardo—, te lo haré saber en cuanto me llegue toda la información.

—Tengo que ir a Roma por un par de días y me gustaría verte.

Sin respuesta directa, Ricardo agradece toda la atención y el cariño que le han dado y el aprendizaje inmenso recibido.

—Estoy tan feliz que no sé cómo pagarles.

—Llévanos a tu país —dijo Andrea entre risas.—Así será... se los debo, amigos.

No queda registro alguno de las dos semanas de Ricardo en Roma, ni tampoco si Romina lo acompañó o si se vieron, pero lo que sí es seguro es que ambos son más amigos cada día después de ese viaje. Al regreso de Ricardo al valle, las visitas de Romina al restaurante eran más frecuentes.

Sus miradas y sonrisas eran como agua de manantial. ¿Por qué será que sólo yo puedo ver un Universo paralelo en ellos que nadie más ve? Es más, creo que ni ellos se han enterado de esa química especial, un afecto creciente y presiento que hasta podría ser peligroso. Pero yo estoy fuera de ese cuadro, ella está en los planes de ambas familias y todos están enfocados en sus estudios y tareas, al igual que yo en los míos.

Hablando de mí, ella me agrada. Bueno, me gusta mucho, pero hay una distancia y un límite entre nosotros; yo sólo soy el amigo, el hijo de la enfermera que atiende a la familia y el estudiante de periodismo. Debo buscar un trabajo y ahorrar para poder acompañarlos en el viaje a Centroamérica, esta vez no iré con todo pagado.

Andrea se va a Inglaterra sin saber a ciencia cierta cuánto tardará en regresar, por lo que se reúnen para ir a la colina por la tarde. El día está más cálido y el atardecer está muy colorido. Al llegar al viejo árbol el tema de conversación es la propuesta de expandir y cómo colocar los quesos y embutidos en Europa. En realidad el producto es de alta calidad y de mucha aceptación. Igualmente Romina cree que se deben mercadear los vinos de su familia. Ricardo les propone que viajen juntos pero Andrea no desea desenfocarse de su plan y Romina acepta que lo mejor es viajar por separado y ambos se apresuran a buscar información de eventos y de festivales.

Por un mes Andrea se ausentó y a su regreso llegó con buenas noticias. Había encontrado un proveedor que se encargaría de distribuir el producto y que participaría en una convención en París en un par de meses e invitó a Romina y a Ricardo. La verdad, los vinos no se pueden ni se deben mercadear en Francia, sería como vender helados en La Antártida, pero se aprende de cada evento y se buscan nuevos clientes y distribuidores. En mi trabajo, en el periódico local, logré que me autorizaran viajar con ellos y cubrir el evento. Así lo hice para no dejarlos ir sin mí.

Una vez establecidos en París, Andrea prepara su estación de presentación. Romina y Ricardo le dan apoyo y juntos permanecemos hasta el cierre del evento. Ricardo se encarga de las degustaciones de los fiambres, acompañados de buen pan, aceitunas y una variedad de vegetales parrillados. Para la clausura se llevan a cabo las premiaciones y nominaciones, en las que aparece una nominación de calidad a los productos cárnicos de la familia Vicenzo. Realmente fue una sorpresa y al final algunos clientes potenciales se acercaron a Andrea y pactaron visitas a la planta de producción en días posteriores. Andrea parecía saltar de la emoción, como deseando contarle al mundo y de igual manera nos sentíamos todos. Antes del regreso, un paseo por la ciudad de la luz era obligatorio. Romina no se quedó sin comprar algunas prendas y la verdad yo llevaba buenas noticias a mi periódico para la región y para Italia. Ricardo no paraba de elogiar el arte culinario Francés, parecía enamorado. Bueno, era un enamorado de la cocina. Al regreso era la noticia de la primera plana, una foto de Andrea con empresarios y la noticia de que pronto nos visitarían. El ayuntamiento anunció reunión de alta importancia. Creo que la excitación era total, se respiraba éxito, progreso y hasta orgullo. Para esos días Ricardo había trabajado en nuevos platillos y presentó una oferta moderna con degustación aprobada por la familia Vicenzo, quienes ya estaban comprados por la mano culinaria de su Chef Ricardo. Se trató de un servicio de nueve tiempos estilo minimalista, sobrio, bello, delicioso y con productos de la región. Ver a Ricardo capturado por su fantasía me hacía sentir dentro de su mundo. La carta para entonces era una corriente nueva, al menos en el Valle D' Aosta. "Dal Frutteto a la tavola / De la Huerta a la Mesa" como preámbulo a un deseo de Ricardo de plasmar en su tierra natal, con tanto que ofrecer en la región norte de Italia como en muchos lugares, pero ahora era su sueño plasmado en platillos nuevos, de su creación. Me pidió tomar las fotos y ayudarle con algunas publicaciones en el periódico. Claro que eso no fue difícil, hasta le dedicaron una página dominical. Maridaje perfecto, buen pan, buenos vinos de la familia Benedetto, buenos embutidos, salazones y quesos de la familia Vicenzo, ni que decir de los selectos vegetales, aceitunas, berenjenas, alcachofas, tomate, espárragos, aceites extra virgen, frutas y muchos más. Con la buena cuchara del Chef Ricardo y su equipo, realmente estuvo a la altura y sin olvidar ofrecer la carta estandarte del restaurante. "La cocina de la Abuela"… "La Crotta di la Nonna".

Para el transcurrir de los días y semanas posteriores, nuevos viajes se presentaron y Andrea tardaba una o dos semanas sin regresar a casa, pero siempre venía con una sonrisa y nuevos negocios. Ya estábamos a fin de año y Romina cumpliría diecisiete primaveras e igual cantidad de inviernos.

—Para empezar a celebrar el cumpleaños de Romina, debemos llevar a Ricardo a esquiar —dijo Andrea.—¿Qué? Ustedes están locos. ¿Se quieren deshacer de mí?

—No. Te enseñaremos, no es difícil. Es como aprender a andar en bicicleta. Es cuestión de equilibrio.

—Sí, lo sé, lo sééé… pero la bicicleta tiene frenos, esos esquíes no.

—Aunque no lo creas si tienen frenos. Aprenderás así como tú nos quieres obligar a que aprendamos a bucear, y al menos en la montaña no hay tiburones —risas.

Andrea nos llevó a Torgnon y estuvimos un fin de semana, donde mucha gente aprovechaba para la práctica por esos días. Unos profesionales, otros amateurs y nosotros. Bueno, Andrea sí era bastante bueno en la práctica. Eso sí, Romina y yo nos divertíamos con los trancazos que se llevó Ricardo, pero algo avanzó en ese fin de semana por lo que se emocionó y pidió regresar. El siguiente fin de semana Andrea nos llevó a la escuela de Esquí Breuil. (Scuola Di Sci Breuil) Los siguientes tres fines de semana seguidos cambiamos de locación sólo porque Ricardo quería conocer diferentes lugares y a mí me gustó su idea también. Fuimos a conocer Remes Notre Dame, La Thuile y Espace San Bernardo. Al final, Ricardo realmente lo hizo bastante bien.

—Ahora tendré que llevar nieve a Costa Rica para poder seguir practicando —dijo en forma sarcástica y todos rieron.

Así las cosas transcurrieron e iban de mejora en mejora. Durante las tardes, a Ricardo y Romina, en especial los domingos, se les veía caminar por las tranquilas calles de la ciudad y se detenían en uno de los puentes sobre el torrente de agua glacial que atraviesa la ciudad y que se convierte en paseo obligatorio para todo visitante. Estando juntos en una de nuestras caminatas, Ricardo agradeció pero nos dijo que debía regresar al Caribe. Ya había pasado un año en Italia y habían pasado dos años desde el primer encuentro.

Un rayo, con trueno imaginario, retumbó en el corazón de Romina. Lo sé, yo lo escuché. Sólo yo podía ver el llanto oculto en la mirada celeste de mi querida amiga, guardando un suspiro y quizás un ruego de "no te vayas". Sostuvo una catarata de lágrimas y seguro soltaría sus compuertas al llegar a su dormitorio. "Quédate o llévame contigo" era su súplica. Creo que sí, solamente yo podía leer el lamento que salía de sus labios color de rosa. Pero así las cosas se tenían que dar por esos días.

—Quisiera llevarte a Venecia antes de que regreses al Caribe— dijo ella.—Sí, es cierto debemos tomarnos unos días de descanso. Iremos este fin de semana —agregó Andrea. Nos tocó viajar y nos turnamos el manejar, por lo que nos tardamos una semana en ir y regresar, pero el fin de semana en Venecia fue relajante y divertido. Con Ricardo todo era divertido, con sus pláticas y su compañía, sus bromas agradables. Recordé la incertidumbre o casi pregunta que se hizo Romina en Punta Cana: "Tiene o hay algo extraño y misterioso en él, como si necesitáramos conocerlo mejor". Yo sentía eso ahora, como si fuera el hermano que siempre quise tener; me hubiera encantado pero mis padres tuvieron que abandonar la idea por la seguridad y salud de mi madre.

No podía faltar el viaje en góndola con música en vivo contratada por Andrea. Un espectáculo que la gente y en especial los turistas aplaudían y tomaban fotografías. Andrea dirigió la góndola por algunos tramos, permitido por el gondolero para que descansara, quien se dedicó a cantar con el violinista. Nos turnábamos para las fotos. Luego fuimos a cenar a diferentes restaurantes. Eso era obligatorio y parte de todos nuestros viajes, comentar y probar diferentes platillos. Veíamos cómo Ricardo, con mucha soltura, hacia amigos, entraba y salía de todas las cocinas con recetas en la mano y abrazado a los colegas, cocineros locales. Tenía ese algo que domina hasta a las fieras salvajes. Sí que la pasamos bien.

—Antes de irme quiero que sepan que deseo regresar. La razón del porqué deseo volver al Caribe se las haré saber a futuro. Por ahora es sólo un deseo mío, muy personal.

Yo creo entender por qué Ricardo desea irse de D' Aosta. Es leal, noble y un verdadero amigo. Sí que lo estoy empezando a conocer, le daría mi apellido para que fuera mi hermano. Su regreso creo que tiene que ver con algo que siente y no sabe manejarlo o tiene miedo de fallarle a sus amigos y él mismo deberá aprender si quiere continuar esta amistad. Pero siento que es muy acertada su decisión.

Andrea, de forma profesional, también se muestra triste como quien se despide de un hermano y ofrece a Ricardo que regrese cuando quiera, que su habitación permanecerá tal cual cerca de su hogar, junto a la planta de producción. Igualmente queda pendiente el viaje a Costa Rica. Ricardo lleva consigo libros de cocina y libreta de anotaciones o recetarios, al menos eso creía yo. Las cosas así de repente cambiaron para todos, cada uno a sus tareas. Yo no vería a Romina tan seguido y los viajes a la colina ya no se daban como antes.

DE LAS MEMORIAS DEL NARRADOR LUCCIANO

Desde que se conocieron allá en el Caribe para el cumpleaños de Romina, sus quince años aquella tarde en la piscina natural en el Caribe, Ricardo y Romina estaban flechados por Cupido. Quizá no lo habían notado como tal, sólo sabían cada uno que se gustaban, en su interior y en silencio. El que ha amado de esta forma, sabe lo dañino que es para el organismo, daña riñones, hígado, corazón, afecta las hormonas y las células del cerebro. Puede causar locura temporal, ceguera e insomnio, lo que agrava la situación. Se pierde el control de sus pensamientos, de la cordura y de la energía para trabajar y realizar todas las tareas diarias, incluido el estudio. No se puede enfocar bien y para colmo de males se pierde el apetito, lo que empeora la situación. De hecho baja la autoestima, no dan deseos de ir al Gym, nada de ejercicio, sólo quieres dormir, encerrado, con la luz apagada; no disfrutas de la música y menos de la televisión, caminas como zombi. No escuchas bien, por lo que puedes sufrir un accidente y todo por un amor no correspondido. ¿Ahora me entiendes Lianeth, por lo que pasé cuando me cambiaste y te quedaste con otro que no te amaba como yo? Amo Milán por los bellos recuerdos que dejé allí y entiendo a Ricardo en su decisión de alejarse, aunque mi historia es diferente. Sólo yo amaba, ella me mentía, o se esforzaba para estar conmigo hasta que no pudo más y se quedó con quien la hacía feliz. Ricardo me ha enseñado mucho en tan poco tiempo y se lo agradezco porque ahora entiendo que así tenía que ser. No se puede estar con alguien a quien no amas y de igual manera alguien que no te ama. Lo mejor es desearle que sea muy feliz, desearle lo mejor del mundo y agradecerle por esos momentos maravillosos que nos unieron y alejarse del todo. Porque uno de los chistes de Ricardo, que en un principio me hizo reír y ahora no tanto, dice que nadie debe ser amigo de su ex, que sería como tener una gallina de mascota. Tarde o temprano te la vas a querer comer. Sí que gocé con este loco amigo. Me afirma que yo tendré todo lo que deseo, que nunca me olvidaré de él, que algo maravilloso llegará a mi vida. En cuanto a Ricardo y Romina, creo que en este caso los dos sufren. Romina seguro bajará de peso en los próximos meses. A pesar del compromiso de las familias y el sí de Andrea y Romina, como si el camino siguiera forjado y forzado aunque aún no fueran novios, pero existía un acuerdo de palabra que todos habían aceptado; incluso ellos dos lo sabían, pero la vida tiene sus trampas y hasta el metal más fuerte se rompe, sólo hay que saber aplicarle la fuerza o la temperatura adecuada y algo me dice que Ricardo posee esa fuerza.

La magia de aquellos momentos sólo me la podría imaginar. ¿De qué hablaban? ¿qué se preguntaban? No lo sé, me hubiese encantado, pero ahora que tengo parte de esa información, podría reconstruir un diálogo de los momentos que hacen falta en mi relato, pero lo más íntimo quedó en el diario de Romina y lo normal en los mensajes y correos. Esto es todo lo que logré escuchar y recopilar cuando estábamos juntos en el hermoso Resort de Punta Cana.

Ahora estoy recordando esas idílicas playas de la República Dominicana, arena blanca y mar de tonos azules según su profundidad, pero aguas transparentes y cálidas. Uno de los viajes obligatorios allí, eran el de Las islas Catalina y Saona. En el recorrido de regreso nos detuvimos en la piscina natural a mar abierto a una altura de un metro, totalmente transparente, sumergidos, jugueteando con las estrellas de mar y tomando Mamajuana, bebida de raíces con Ron Dominicano.

En el bote, desde la llegada hasta el regreso, tocó bailar merengue y bachata y beber a gusto, respirando aire puro de brisa marina.

En cuanto pones un pie en la playa sólo buscas el chapuzón y entrar a esas transparentes aguas con el color de los ojos de cielo de Romina, que se enrojecían por la sal.

Romina, a pesar de ser recatada en su vestir, se veía radiante y hermosa. Aun no comprendo para qué se ponen esos vestidos transparentes, si sólo sirven para llamar la atención por el agitar de la brisa; se ve el mismo vestido de baño con y sin transparencia. Su piel blanca y caderas moldeadas sobre delineadas piernas y con su cabello como rayos de sol, sacaba suspiros y mucho lugareños le dijeron cositas que no entendimos pero que suponemos eran cumplidos agradables. Andrea hacía lo mismo con las chicas, él con el torso desnudo y un six pack de atleta deslumbraba y acaparaba las miradas femeninas.

Nuestro Chef, menos tonificado pero de piel latina, cabello corto negro, ojos cafés y sonrisa amable, hacía que no desentonara con el grupo. ¿Y yo? Bueno, yo no soy feo…si lo fuera no estaría a la altura de andar con ellos.

DE REGRESO AL CARIBE

República Dominicana, Abril de 2017

Ricardo regresa de Italia, visita a su familia y su finca. Se le ve todas las tardes cabalgar por la colina hacia la catarata La Llorona, o sentado en el portal de su cabaña conversando con Amelia, en muchas ocasiones acompañado por sus hermanos y su padre, que aprovechaban su estancia porque sabían que pronto se iría a trabajar al Caribe. Ricardo mantiene su acostumbrada comunicación con sus amigos Italianos.

—Hola amiga, ¿cómo estás? Yo de nuevo en mi trabajo. Ahora estoy en la finca con mi familia y la próxima semana viajaré a la República Dominicana de nuevo.

—¿Por qué te fuiste? estoy triste, siento gorrioncitis.

—¿Qué significa eso?

—¿Conoces las aves gorrión?

—Sí, aquí en mi país hay muchas y les llamamos pica flor, pero sí, son gorriones.

—Es ese aleteo rápido en mi alma, y es porque no estás.

—Pero Romina… ¿y Andrea?

—Ricardo, tanto él como tú son mis amigos y los quiero mucho. Pero sabes que hay algo entre nosotros que debemos resolver. Andrea me ha dicho que debemos estar unidos como amigos. Nos gustamos, nuestros padres nos tienen comprometidos y nosotros estuvimos de acuerdo en ese momento, pero es el siglo veintiuno, no es la Edad Media. Siento cosas diferentes y no sé cómo explicarlas. Andrea y yo nos confesamos amarnos o al menos sentíamos atracción el uno por el otro porque crecimos juntos, pero ahora a ti te extraño y muy seguido. Siento un calorcito en la barriga y no debería estar sucediendo. Lo siento de verdad, lo siento, pero ¿cómo callar algo que me está volviendo loca? Los quiero a los dos, no quiero perderlos, pero es diferente. Lo que siento por ti es muy fuerte.

—Gracias, me agrada escuchar eso, eres mi amiga especial. ¿Sabes la razón por la que regresé al Caribe? Es para alejarme de ti y es por temor a estar cerca y evitar que algo que siento siga creciendo y no es normal. Por respeto a Andrea y a las familias. Siento que me estaba enamorando demasiado de ti y no quiero sufrir ni hacerte sufrir. Y mucho menos traicionar mis principios y a mi amigo Andrea.

—Así lo creí cuando decidiste regresar. No había ninguna otra razón para que te marcharas de nuestro lado y eso, aunque me ha dolido, lo entiendo. Me conformaría tan sólo con verte cerca, con charlar, pero sé que tampoco puedo evitar que este sentimiento siga creciendo. Algo extraño ha sucedido en mí también. Quiero que no te hagas de ninguna amiga más que yo y menos que te comprometas con ella. Yo no tengo salida por las convicciones familiares, pero deseaba que fuese Andrea quien me dejara y no tú, que Andrea me pidiera ser sólo amigos, eso sería lo mejor para mí. Quería preguntarte ¿cómo funcionan tus milagros? Necesito uno para quedar libres tú y yo, pero hay que esperar hasta que las familias decidan la boda y enfrentarlos en ese entonces.

—No sabía qué decirte ni cómo decírtelo. Me gustas y siento esa gorrioncitis también en mi estómago sólo de pensar en ti. Desde el primer día que te vi sentí una espada en el estómago, estás en mis pensamientos cada segundo de mi vida, en cada respiración, en cada latido del corazón. Pensando que sólo somos amigos pero soñando con algo diferente y no una simple amistad. ¿Sabes? me afecta en el trabajo, no doy la misma producción por más que lo intento; duermo mal y eso me hace sentir cansado o agotado. Además, la brigada lo ha notado. Mi alegría, mis chistes, mi energía, mis ganas de vivir y cocinar al mundo parecen haber desaparecido y no sé cómo explicarles, es algo que no he aprendido a disimular. Miro tus fotos no sé cuántas veces al día, es hermoso y también me duele no poder tenerte, es mi peor castigo. Pero sólo tenerte como amiga me da esperanza, sueño con que seas mía algún día.

—Es extraño lo que ha sucedido, pero también me gustas. Es duro y triste pero a la vez me agrada, es como disfrutar el dolor. Pórtate bien, que no quiero que ninguna chica esté junto a ti.

—Lo prometo. Ya sabes lo que siento por ti, así es que sólo Andrea puede acercarte a ti. Besos, mi Ángel hermoso.

SENTIMIENTO DE AUSENCIA

Abril de 2017

DEL DIARIO DE ROMINA

Mi corazón esté triste por la partida de alguien... alguien que entró en mi corazón y yo le di permiso de entrar, o más bien lo busqué y lo metí en un corazón que siempre perteneció a mi Andrea. Ellos son diferentes. Los quiero igual, pero sin embargo uno me angustia más. No puedo entenderlo, no puedo explicarlo, no veo ni encuentro una salida, estoy encerrada, con miedo, sin saber por qué y además me siento muy feliz. Feliz de conocerlo, de saber lo que siente y piensa de mí, feliz de saber que yo puedo cambiar mi destino si me lo propongo. Pero no es tan fácil. Hay una sociedad ingrata que me condiciona como si fueran dueños de mi destino. Pensé y estaba segura, que Andrea estaría en mi vida por siempre y ahora no lo estoy tanto. Ambos me quieren y la diferencia está en cómo me quieren. A ambos los quiero pero hay uno a quien no quiero perder jamás, lo quiero amar más y más. Doy vueltas en la cama y casi ni duermo. Miro a la distancia, deseando verlo llegar al pie de mi ventana, lanzarle un lazo de cortinas y sábanas y que suba a mi aposento y amarlo tanto como nunca lo han amado. No sé cómo salir de esto, no sé si quiero salir de esto. No sé a quién contárselo. ¿Mi madre? no, me mata si se entera. Es como si fuera un juego de la vida, sólo mi diario puede saberlo. No puedo dejar a Andrea, hay toda una vida, hay muchas cosas por las que no puedo dejarlo, pero hay alguien que alimenta el morbo en mí, que se mete en mi alma cada vez que me habla, que se mete en mis sueños a su gusto y antojo, con o sin mi permiso. Es un descarado y cada vez que lo veo, me derrito y lo dejo entrar. Lo quiero a mi lado y hasta me dan celos de que esté lejos y no pueda cuidarlo. ¿Cómo entender esto que siento? ¿cómo explicarlo? Un día tendré que decidirme y dejaré que sea mi corazón el que lo haga. Los conoceré un poco más, pero no quiero lastimar a ninguno. Necesito un milagro, sé que ocurren esos milagros en los que cree mi amado.

LA CONFESIÓN DE ANDREA A ROMINA

Italia, Julio de 2018

DEL DIARIO DEL NARRADOR LUCCIANO

Romina me llama para contarme algo. Me explica que Andrea le ha hecho una confesión y que ella se siente un poco preocupada. Me dice: «¿Sabes que poco a poco la relación de Andrea conmigo se ha ido convirtiendo solamente en relación de buenos amigos?».

Poco antes de un nuevo viaje a Suiza, Andrea visita a Romina y le pide conversar en privado. Viajan a la colina donde el viejo olivo escucha pacientemente, ella con su mirada puesta en los picos ahora al descubierto, sin la acostumbrada nieve que los arropa. Andrea le explica lo que ha visto y percibido entre Ricardo y ella, ella voltea abruptamente su rostro hacia Andrea pero éste, sin dejarla interrumpir, le pide que lo escuche primero y que lo perdone, que hoy viene a decirle que él tiene a alguien más en su vida, que no es nada muy serio pero que se gustan mucho. Andrea le explica que hablará con Ricardo y que le dará su bendición para que Romina y Ricardo puedan estar juntos, aunque no sin antes solicitar mantener todo en secreto y con mucha discreción.

—¿Qué tal la chica, es más linda que yo? ¿eh, eh?

Andrea sonríe, la mira y contesta:

—Sabes muy bien lo que sentimos ambos, ahora no sé cómo explicártelo. Sí, es linda, se parece mucho a ti aunque son diferentes. ¿Sabes? ella no es de la alta sociedad, estudia economía, es muy alegre, extrovertida, coqueta y atrevida. La describo libre, sin ataduras. La conocí en Londres y ya he ido a visitarla a Zúrich. Sólo sé que me agrada estar con ella, siento mucho decirte esto porque sabes que te aprecio, que eres hermosa, pero si nos casamos, quizá no funcione y terminemos mal, y te juro que no quiero eso. Siempre te he visto como de la familia, casi como a una hermana. Quiero lo mejor para ti, de verdad te quiero, pero ya no es ese querer de novios, espero que me entiendas. Además —agrega acentuando—, creo que pasa lo mismo entre Ricardo y tú, mi querida prometida —afirma sarcástico.—Lo sé y lo siento, igual te quiero y te aprecio. No quiero hacerte sentir mal, hazla feliz y se feliz. Y de verdad te agradezco que no me lastimaras y me lo confesaras. Nada es peor que la traición. Es imperdonable, y sí, me agrada Ricardo desde el primer momento en que lo vi, pero hemos sido amigos, nunca ha pasado nada entre nosotros. Hemos sido respetuosos y en especial contigo.

—Así es. Él es un tipo de confianza, un amigo de verdad, que prefiere morir con el dolor que lastimar a quienes ama, por eso se fue al Caribe ¿verdad? por temor a lastimarnos y lastimarse él mismo. Él es para mí como un hermano, ¿sabes? lo quiero y lo aprecio tanto que soy incapaz de hacerlo infeliz. Y a ti Romina, ya me conoces, somos dos niños ilusionados y soñadores pero estamos creciendo y madurando. Solamente que nunca nos lastimaremos.

Romina me dice que está muy feliz pero preocupada por lo que pasará en el futuro cuando ambas familias decidan la boda.

Yo le recomiendo que dejemos que llegue ese día. «¿Para qué preocuparse si sabemos que esa boda no se llevará a cabo? Por ahora hay que seguir como está planeado y en su momento tomar fuerza y las decisiones con valentía. No pasará nada grave, ya lo verás».

—¿Sabes? Ricardo ha sido honesto y sabemos que nos gustamos, pero hemos mantenido eso en secreto y con su distancia. Él es un gran amigo y muy noble.

—Así es, si lo amas podrías hacer cualquier locura por amor. Ricardo no lo hará aunque se esté muriendo por ti, por respeto a quienes lo invitaron a su casa. Él no es de los que muerden la mano de quien lo alimenta, eso lo comprendí cuando decidió irse al Caribe.

—¿Traicionar a mis padres? ¿escaparme con él? ¿es eso lo que me aconsejas? Estaría bien en cuanto a nosotros, pero lo que yo haría es mi responsabilidad y la verdad sí siento algo especial por Ricardo y enfrentaría a la familia, al pueblo y al mundo por él, pero Ricardo deberá hacer algo increíble para conquistar a mi familia primero. Si no me caso con Andrea, querrán casarme con alguien de clase aristócrata de Europa. No creo que vean bien a Ricardo aunque lo aprecien mucho, muchas cosas pueden pasar de aquí a nuestra boda. ¿Qué haremos?

—Falta mucho, sigamos con nuestra vida disimuladamente. Estaré siempre a tu lado y si estás con Ricardo y eres feliz, yo estaré más que agradecido. Sabes que si Andrea ha dado el visto bueno para que estés con Ricardo, no hay nada que lo impida.

CARTA DE RICARDO A ROMINA

Agosto de 2018

UN VIAJE FANTÁSTICO

Querida amiga, mi querida Romina: No sé de qué me enamoré más, si de ti o de Italia; en especial de tu región. Describir con palabras esos idílicos paisajes es imposible. El valle D'Aosta es sin duda el paraíso en la Tierra y hay un Ángel que vive ahí. Mi corazón palpita acelerado al recordar cada paso por sus colinas y parques, por sus calzadas, castillos y puentes. Mirar sus montes con contrastes de colores en cada estación del año, me inspira a quedarme allí, quedarme contigo, aunque tenga que pagar con la vida misma. Cada vez que estuve sentado a tu lado, mirando los viñedos, los picos nevados, los montes verdes en verano, marrones en otoño, multicolores en primavera y blancos en invierno. La magia se apoderó de mí, me envenenó el alma y ese árbol retorcido de olivo incrustó sus raíces en mis venas. Sí, me enamoré profundamente sin medir las consecuencias. Cuánta alegría o tristeza puede producir enamorarse de esta manera confiando en el mañana, que todo es posible. Que una pareja se pueda enamorar en cualquier rincón del mundo sin importar alcurnia, raza o religión, color o costumbres. Sólo se necesitan dos para que la magia del amor fluya por las venas y los hilos del alma. "Que en el mundo hay que estar en pareja", reza una versión hawaiana por ahí. Sí, esa historia de amor de dos volcanes. Como si en mi país no hubieran y como si tú y yo no fuéramos volcanes activos a punto de erupción. Tuve que darle la vuelta al mundo para que el volcán Arenal se enamorara del Vesubio. Sentí un disparo al corazón la primera vez que te vi, Romina; no miré a quienes te rodeaban, como en un profundo sueño sólo te miré a ti. No sé si alguien lo habrá notado, pero en ese momento sólo había un norte, una meta, una estrella. Porque lo que quiero para mí es lo mejor y no hay nada mejor en el mundo para mí que tú. No sé cuánto dure esto, no sé cómo terminará esto, pero siento una hoguera en mi interior, una llamarada hermosa que ilumina todo a mi paso. Mi fuerza, mi combustible, mi energía. Sólo espero disfrutar cada segundo, cada minuto, cada día, mes y año junto a ti. Estaré loco pero sólo depende de ti el que estemos juntos, yo sólo puedo ofrecerte mi corazón, entero, limpio, puro... sólo para ti. Lo demás lo construiremos ambos en el camino. Quedé enamorado de ti pero de igual manera de D'Aosta, de sus ríos, comida, parques, lagos, montañas, castillos, veredas, campiñas, su gente y tu familia de cada momento maravilloso a tu lado. Podíamos estar sin hablar por horas, eran las miradas y el corazón los que charlaban, era el latir del corazón. Mis manos sudaban al estar entrelazadas con las tuyas, cada invitación tuya a conocer esos lugares quedaron grabados por siempre. No sé si los recuerdas todos, pero ¿cómo olvidar cuando me invitaste a esquiar? Bueno, a aprender a esquiar. Torpemente aprendí un poco y me lastimé bastante y aunque sangrara no me dolió, me pediste ir vestido de blanco completo y así desaparecimos en la nieve del Monte Blanco. Hicimos angelitos debajo de esos abetos que siguen mudos y saben que no sucedió nada, pero yo sé que deseaba que sucediera algo mágico, que no se puede dar. El mundo no sabía que estábamos allí en una alfombra blanca donde sólo tus ojos azules y los míos cafés se podían distinguir. En cada estación una locura nueva. Romina, te amo tanto y es que vivo por ti, no hay manera de que mi corazón se vea viviendo sin ti. Eres mía, mía, mía. Espero verte en mi país para disfrutar enseñándote un mundo diferente. Ya fuimos al Caribe, ahora irás al trópico y luego, no sé si a la luna, pero quiero ir de tu mano siempre a cualquier rincón del mundo. Es nuestro, no tengo miedo a nada. Contigo me siento completo, no quiero nada más en mi vida, sólo planear contigo este viaje maravilloso y darte las gracias siempre por dejarme entrar en tu vida y por llenar la mía de colores y sensaciones que no sabía que existían. Tuyo por siempre, Ricardo.

DEL DIARIO DE ROMINA

Agosto de 2018

RESPUESTA

Ricardo: He pasado 3 años ilusionada, dibujando corazones y escribiendo poemas de amor a un príncipe encantado, a un caballero medieval, a un hombre mágico. Yo escribo ese cuento para mí. Ese hombre existe, ese príncipe lo conocí entre las arenas más suaves y mágicas de todos los mares del universo. Entre las aguas más transparentes, cálidas y calmas jamás imaginadas. Entre la brisa tenue que refresca la faz y revolotea el cabello como ave libre dejándose llevar, esquiando en la nada. Allí conocí a mi príncipe mágico, hermoso, un caballero divertido, inteligente, cálido y hasta villano, porque se robó mi corazón. Yo creía estar enamorada de mi compañero de toda la vida y que nunca nos separaríamos, pero ya ves, nos queremos, pero él no está enamorado de mí, ni yo de él, es sólo cariño y amistad, pero en esta historia debemos luchar contra un enorme enemigo: la familia, que debería ser nuestro aliado en el amor, pero no en este cuento; en el nuestro son guillotina, las razones obvias tienen que ver con la sociedad, el poder y el orgullo. No sabemos cómo salir de este laberinto para no lastimarlos, pero sé que nos las ingeniaremos juntos. Afortunadamente, Andrea nos facilitó el desenlace. Yo lucharé por ti, por estar a tu lado, confío en ti y quiero que confíes en mí. Ahora sé que mi amor crece por ti, siento ese fuego por dentro que me quema las entrañas y que muchas noches no me deja dormir. Qué lindos deseos de bailar y cantar y desearía poder decirle al mundo que nos amamos y que nos dieran la bendición. Sabemos que no será así, por lo que esperaremos ese milagro; milagro del que tú me hablas y en el que tú crees.

 Me encantó tenerte aquí en mi pueblo, adoré cada día, cada amanecer con la esperanza de verte; sí, sólo con verte sentía llenar mi alma, calmar mi espíritu e ir a dormir con la ilusión de volver a verte un día más. Tu regreso al Caribe me enfermó, durante varios días perdí el apetito, y lo peor, mi madre sospecha y me lo ha hecho saber de mala manera, pero no debes preocuparte, lo negaremos todo, así ganaremos tiempo, ya está pactado entre nosotros. No siento celos de que Andrea tenga a su chica, al contrario, me hizo muy feliz. En secreto hasta el final. Que tu Dios nos ayude, mientras busco la manera de que Él entre en mi corazón como vive en el tuyo.

Todos los paseos me encantaron, al Castillo di Susey, donde al caminar a tu lado mi imaginación recreaba a un rey y una reina. Al Rey Ricardo corazón de León y su Reina Romina, alas de mariposa. Un valiente caballero con armadura montado en un corcel arábico negro y una frágil damisela revoloteando en el corazón de su amado, hechizándolo con una mirada fresca de azul profundo como lo son mis ojos, que serán tuyos por siempre. Como sonreías al escucharme, parecías disfrutar de mis cuentos fantásticos, callado y sonriendo con un gesto que nadie más tiene, imposible de explicar cómo haces esa mueca entre labios y mejilla y me dices: «Sí, lo sé, lo séééé...».

Amor, a veces siento que perdemos la vida y el tiempo más valioso estando separados. Si al menos pudiéramos vernos a diario, amanecer a tu lado y cerrar mis ojos sólo después que los tuyos. Esperarte cada tarde y sonreír al soltar tu mano cada mañana. Ricardo, ¿será mucho pedir? Quiero sólo una casita, un rincón en algún lugar del mundo solos tú y yo ¿pero cómo hago para que ese milagro suceda? ¿Cómo hacer realidad mis deseos sin lastimar a mi familia y a la familia de Andrea? Debes ser fuerte y darte prisa para que seamos felices por siempre, que nuestro cuento sea otro cuento de hadas. No pido más, sólo eso quiero y estaré contigo, te apoyaré, lucharé por ti a tu lado y nunca te dejaré. Eres mío, mío, sólo mío. Y sé bien lo que me dirás: Sí, lo sé, lo séééé...».

Y el viaje al Parque Nazionale Gran Paradiso, No sé qué me hace sentir el Paraíso, si el parque o tú. Sé que te maravillas con sus paisajes, tu mirada lo dice sin palabras; tus suspiros arrancaban las flores que luego recogías para mí. Sé bien que tus pensamientos volaban a tu finca, tu tierra, tu casa y tu país. Me dices que es diferente pero con otro clima, *otro sentimiento, con paisajes hermosos que me hacen soñar con ir a conocerlos contigo, igual tomados de la mano a escondidas de unos pocos. El amor está enlazado en nuestras manos, miradas y sueños, en el Universo.*

Te amo, espero vernos pronto, es lo que más deseo. Esa gorrioncitis que dejaste me está matando.

Besitos mi amor. Te escribiré todos los días, te lo prometo. ¿Sabes qué? Te amo con la vida, con todo mi corazón y te amo con el alma. Sé lo que me dirás, pero si los dos primeros amores mueren, me quedará el tercero y será eternamente.

Por siempre tuya, Romina.

CHARLA DE AMIGOS

Septiembre de 2018

Ricardo llega por sorpresa a Italia y va a ver a Romina. Le da la noticia de que está allí para verla y la invita a la colina. Nadie se entera hasta el día siguiente en el que se reúne con Andrea, quien lo cita en la planta.

El recorrido es como de costumbre en las visitas de Andrea a la planta de proceso de quesos y embutidos. Esta vez Ricardo le acompaña en un recorrido de rutina, luego comparten con los colaboradores que les saludan amablemente y con respeto. En esta ocasión, montan dos caballos árabes negros de crin larga y pura sangre, criaturas que hacen estampa de gallardía con sus amos. Salen a cabalgar por los viñedos sin decir palabra alguna, se bajan, dejan a sus corceles amarrados a un olivo y recorren los carriles del sembradío de Pinot Noir, hermosa cosecha que apenas está en su punto para iniciar la vendimia. Luego se toman un descanso.

—¿Sabes, Ricardo? te aprecio mucho. Este año Romina cumplirá dieciocho. Han pasado tres desde que te conocimos y desde entonces Romina y yo no fuimos los mismos, siempre sentí que Romina te miraba diferente que a mí. Al principio pensé que sería algo pasajero y con el tiempo me fui dando cuenta de que ustedes dos estaban conectados. La verdad, la quise y la quiero mucho, pero mi mayor felicidad es que ella sea feliz. Ya hablé con ella, le confesé a Romina que he estado con otra y que desde hace un año tengo a alguien que conocí en Londres, es una suiza hermosa. Sé que a ella le alegró saberlo, pero no pasará lo mismo con las familias; ellos querrán casarnos aunque nos hagan infelices para toda la vida y no es que seamos infelices por estar juntos ella y yo. No, perfectamente pudiésemos ser los más felices del mundo, pero llegaron dos intrusos a nuestras vidas: tú y Gissella. Nuestros padres no deben enterarse aún, lo manejaremos con discreción y que ustedes dos no se expongan porque sería un caos. Dime lo que sientes por Romina.

Ricardo se queda callado por un corto tiempo, lo mira sorprendido, pero Andrea lo anima a que le confiese qué siente en realidad por Romina.

—Te confieso que te aprecio mucho y que jamás ha sucedido nada, que te respeto y no ha pasado nada. Como bien lo sabes, ella le gusta a todos los que la conocen. No es su culpa porque es una mujer brillante, con su belleza única, es una chica inteligente, elegante y recatada, pero sí me encantó desde que llegó a pedirme la sopa para ti. Yo lo tomé como algo normal y la hubiese conquistado de no ser por el cariño y respeto que siento por ti. Te veo como a un hermano y estoy agradecido por la oportunidad que me has brindado, tu casa, tu familia, trabajo y la amistad. Te quiero como a uno de mi familia, has hecho mi vida más fácil y he aprendido y crecido tanto al lado de ustedes que no sé cómo agradecerlo. Te respeto y la respeto a ella, como también a ambas familias. Viviré agradecido aunque muera de amor por Romina. Mataría por ella, pero con una excepción: tú. Ustedes estaban juntos y yo entré en sus vidas, la amaré toda mi vida, pero soy consciente de que ella deberá estar contigo porque así está decidido y yo lo sabía. Sólo un milagro nos podría reunir y alejarla de ti; debí seguir mi vida y alejarme de ustedes, fui un tonto, pero me gusta lo que he vivido y sentido. Perdón si te he ofendido.

—No. Quizá en otra situación o a otro le hubiera pateado el trasero, pero te conozco bien y conozco muy bien a Romina. Yo no puedo seguir así, mi corazón está en Suiza y ya se lo comenté a Romina. Ella está feliz de saberlo y seguiremos siendo los amigos de siempre. Mis padres y los de Romina no deben saberlo. Algo inventaremos antes de la boda, sólo te pido que seas discreto, no expongan una relación que nos afecte, ¿estás de acuerdo?

—Me es imposible decir que no, acepto, Andrea, pero si recapacitas házmelo saber. Me dolería mucho enamorarme más de ella y luego perderla, pero te juro que lo que tu digas se hará.

—Ricardo, ya no hay vuelta atrás, Gissella es la ilusión en mi corazón, tenía que decidirme y es más fuerte mi relación con ella que con Romy y mi familia deberá aceptarlo al final cuando lo decidamos. Pero los proyectos hay que continuarlos, seguiré mercadeando los productos y tú deberás quedarte en Italia y seguir al frente de la planta de procesos y del restaurante. Si se aman no debes seguir lejos de ella, entenderás porqué, ¿cierto? El otro año iremos a celebrar el cumpleaños diecinueve de Romina en Costa Rica, estamos aprendiendo a bucear para ir a la Isla del Tesoro. ¿Te parece?

—Me parece... genial.

—Prométeme que cuidarás de Romina como de tu propia vida. Ella y yo debemos seguir los estudios, la familia no debe enterarse. Si a ella la lastimas, date por muerto, hermano mío. Eso sí no te lo perdonaría.

—¿Lastimarla? dime quién podría lastimar a alguien como Romina. Sería como ponerle un pie encima a una bella mariposa, nadie hace eso. Te lo prometo, amigo mío, pero quiero decirte que cuando vine y acepté la invitación la primer vez, mi intención era por trabajo y aventura, pero ahora no me aguanté y vine a verla. Regresaré al trabajo pero esta vez más tranquilo e ilusionado de cómo me fue la última vez. En mi maleta llevaba mucho dolor, tristeza e incertidumbre que ahora da un giro porque así lo has decidido; me facilitas la vida, pero aún tengo un extraño temor y una sensación de algo inconcluso. Perdóname, mi querido Andrea.

—Nada tengo que perdonarte, nuestras hermosas vidas apenas comienzan; los tres estamos juntos en esto y saldremos victoriosos. Eres el hermano que no tengo. Sabes que a Luiggi... lo amo, pero me faltaba alguien para hacer todas estas locuras que apenas empiezan, las locuras de hermanos.

—Debo regresar al trabajo este mismo fin de semana, pedí una semana de permiso sin goce de salario para venir a verlos.

—Gracias mi loco hermano por venir y alegrar nuestras vidas, nos veremos pronto.

RECLAMOS DE VALENTINA

Septiembre de 2018

—Hija, debemos charlar.

—Sí, madre ¿De qué debemos charlar si siempre estamos conversando?

—Hija, es con respecto a ese muchacho, Ricardo. Creo que no deberías pasar tanto tiempo con él y en especial cuando Andrea está de viaje. La gente rumora y podría ocasionarnos dificultades.

—Madre, Andrea es mi amigo, no es mi prometido. Ustedes hicieron planes, pero eso lo decidiremos nosotros al final, porque si no nos amamos no nos casaremos. En realidad no deberías de estar tan preocupada, porque no pasa nada. Yo no he dejado de querer a Andrea y no veo mal que nos comprometan en matrimonio y Ricardo es nuestro mejor amigo. Seguimos enfocados en el estudio y el crecimiento de los negocios.

—Bueno hija, es que él no es... —se interrumpe y lo piensa.—¿No es qué, madre?

—Igual a Andrea, y no está a la altura de nuestras familias. Tenemos una posición en la sociedad, tenemos un apellido y abolengo y una relación entre ustedes te obligaría a dejar a la familia y la ciudad y tu padre y tus suegros no te lo perdonarían, además de lastimar a Andrea.

—No, madre, él es un chico espectacular. Tiene los sentimientos más nobles que he conocido, un hombre como pocos. Sí, quizás Andrea sea más guapo y tiene mucho más poder y abolengo y también lo quiero mucho, pero discriminar a Ricardo me parece injusto; pero te entiendo y no pienso lastimar a nadie y mucho menos a él, eso no pasará. No hablemos más del tema porque me lastimas.

DEL DIARIO DE ROMINA

Tenía que mentirle a mi madre y mentirle a mi corazón. Me muero por Ricardo, quisiera pasar todos los días a su lado. Sé que es una tormenta, pero en él encuentro refugio y mucha paz; la que no había experimentado antes, cargada de emociones fuertes, de alegría, de sueños compartidos, de planes. Físicamente puede ser más hermoso Andrea, pero su forma de ser es cautivante. Su mirada no tiene color, me gustan sus ojos cafés y me gusta cómo me mira, cómo muerde sus labios al verme, me mueve el piso. Cómo me habla, me enamora. Cómo me trata con sus detalles locos, cuando me abraza se detiene el mundo y sentir con mis mejillas el latido de su suave torso, me tranquiliza. Es un sueño dormir así, abrazada a su pecho mientras acaricia mi cabello. Siento su respiración interrumpida por algunos suspiros y eso me mata. Sé que suspira por mí y me vuelve loca, deseo que sea eterno. Así llevaremos esta vida los tres, Andrea, Ricardo y yo. No me preocuparé por lo que pasará, nos prepararemos para vivir el presente como me lo ha enseñado Ricardo: ser feliz hoy y vivir al máximo. Recuerdo sus enseñanzas. Al principio no le creía tanto, pero he ido tomando en serio sus clases de vida. Me siento feliz con su visita sorpresa aunque debe regresar a su trabajo; debería ponerme triste pero se acerca nuestro viaje a su país. Estoy ansiosa porque llegue ese día, seguro algo maravilloso nos espera. Descubrir cosas nuevas, viajar, hacer nuevos amigos.

VIAJE A COSTA RICA

Octubre de 2018

DEL DIARIO DEL NARRADOR LUCCIANO

Después de la visita de los jueces a la planta de producción, como resultado se obtuvieron distintivos a los productos dándoles dos medallas de oro y un premio a la nominación de origen. La operación crecía como la espuma, las ventas y los viajes de Andrea continuaron muy seguido; ahora ya no todos eran por negocios y viajaba más seguido a Zúrich y se quedaba por semanas.

Romina seguía en la Universidad para graduarse de enóloga y los vinos también habían mejorado en ventas, por lo que ambas familias estaban en un crecimiento continuo y el éxito rondaba en la región. Romina quiso llevarle un regalo a Ricardo y pensó en unas botellas de vinos especiales. Habló conmigo para tener ideas más claras y yo le propuse un corazón con las iniciales R-R… la convencí. Sin pensar en lo que le estaba proponiendo, le pregunté: «¿Y qué es lo que más te ha llamado la atención de sus cuentos y mentiras?» Me miró y me dijo: «¡Eso es! Una etiqueta con una mariposa blanca de ojos azules».

—Bueno, no me parece mala idea… ¿Tinto o blanco?

—Ambos —me dijo—. Producimos cien cajas de cada uno y probaremos su aceptación en las ventas.

Al tinto le agregó a la etiqueta una R, con una mariposa blanca grande y al blanco le agregó otra letra R invertida, con su mariposa blanca mediana de alas abiertas, posada sobre la letra.

—Realmente me gusta la idea —le dije—, pero en el resumen de cómo es la uva en boca ¿qué le pondremos?

—Aún no le pondré nada. Lo probaremos después y como él es Chef, deberá catar el vino blanco y decirme sus sensaciones en boca. Yo lo haré con el tinto y para la próxima cosecha le agregaremos a la etiqueta la leyenda de sus uvas.

Me pareció una grandiosa idea.

Sabíamos que nuestro amigo Ricardo se encontraba en el Caribe, de Chef en un exclusivo hotel, haciendo lo que le apasiona: cocinar y aprender. Tomaría un mes de vacaciones para ir a ver a su familia a Costa Rica y de paso nos invitó, por lo que planearíamos el viaje para reunirnos. Así es que allá nos reuniríamos los cuatro. Mi maleta siempre estaba lista y yo, ansioso; me encanta esta experiencia de viajar a lugares soñados y todo comenzó tan de repente desde mi llegada al Valle D' Aosta. Nunca imaginé que cambiar mi estado de confort en Milán me iba a traer esta sensación de motivación. Dejé atrás un amor no correspondido, ella simplemente se fue sin darme explicación, simplemente me cambió como se cambia una bombilla por una nueva, brillante, que la ilumina, y la otra al basurero. Aunque sufría, no pensaba en dejar mi ciudad, pero el destino me obligó y ahora me siento vivo. Me siento como un explorador y tengo amigos como antes no tuve, ahora tengo la ansiedad del viajero. Llevo mi cámara y mis instrumentos para grabar y escribir, para mis trabajos en la Universidad. ¿Para qué más me podría servir? Nos reunimos. En esta ocasión sólo iríamos los tres y el tema de conversación cada vez que nos juntábamos era el investigar sobre nuestro destino y acertamos bastante. Al llegar, antes de aterrizar, no se veía nada por la fuerte lluvia. Me imaginaba que entraba el Amazonas, aunque realmente estaba exagerando. A las afueras del aeropuerto Juan Santamaría nos esperaba el amigo, el hermano. Después de calurosos abrazos, nos recogió en un vehículo todo terreno. Vestía camisa de cuadros de manga larga, un sombrero al que llamaba chonete, pantalón de mezclilla y botas vaqueras; lo cual, nos dijo, es la bienvenida de un campesino

Costarricense. Me vestí como visto en el campo, aunque me agrada vestir deportivo. ¡Ah! y su saludo, hermoso, con un: «Bienvenidos, ¡Pura vida!».

—El clima ahora es de temporal, o sea que no para de llover —continuó— y suave, pero lluvia con neblina por varios días seguidos. Aquí sólo tenemos dos estaciones al año: invierno y verano.

—Es exótico y encantador; no me importa, estoy aquí —respondió Romina sonriendo.

Después de dejar las vías de asfalto entramos en territorio agreste, caminos de lastre y tierra; en algunas partes del camino parecía un río de barro y a ratos, de bajada, iba como en deslizador con jabón y Ricardo sólo gozaba y decía: «Agárrense duro». Yo si iba asustado. Al llegar a la casa ingresamos a una especie de galera, por lo que no nos mojamos. Nos recibieron calurosamente y de inmediato bajamos el equipaje. Nos llevaron a las habitaciones y aunque sabíamos que deberíamos compartir, estábamos felices de iniciar esta gran aventura. Luego fuimos a la sala, donde la familia de Ricardo esperaba. Nos ofrecieron bebidas calientes y Ricardo, con una sonrisa pícara, nos ofreció Guaro de caña y nos dijo:

—Si les gusta el Zambucca, les gustará esta bebida. Mi padre lo arregla con Nance o con Marañón, frutos de la zona con el que se macera y añeja el licor de caña, los entierra por un mes en envases de vidrio, por lo que su sabor es dulce y el producto es elaborado clandestinamente en algunas montañas de la región. Lo busca el Resguardo, la policía especial rural, expertos en localizar sacas de Guaro. Eso no es tarea difícil, si se mira un chorrito de humo en la montaña, ahí hay una saca de Guaro.

Todos accedimos a probarlo.

—¡Fiu! está delicioso, es un licor dulce, parece vino —dijo Andrea.

—Pero no pueden tomar más de dos, no lo recomiendo.

Romina parecía ansiosa y creo que deseaba correr, conocer el lugar, cada rincón, por lo que Doña Helena la llevó a la cocina; había una mezcla de moderno y antiguo: cocina eléctrica, refrigerador y muebles modernos, y afuera un lugarcito rústico con horno de barro, cocina de leña.

—El Fogón de Doña Nena —explicó Ricardo sonriendo y abrazando a su madre, mientras Don Beto miraba recostado y de pies cruzados en la puerta. Un pilón, que parecía una copa en madera de metro y medio de alto por uno de ancho y adentro muchas mazorcas de maíz de diferentes colores y una máquina manual de moler, con la que se hace una masa para las tortillas, parecida a nuestra masa para la polenta. «No, en realidad sí es la polenta», atinó a decir Andrea. Las preguntas fueron muchas y las respuestas igualmente no se hacían esperar. Los invitados, ya un poco más íntimos y entrados en confianza, se fueron acercando mientras se nos daba una clase magistral de cocina Costarricense. «Una olla de carne, eso es un plato completo, junto o separado: caldo, carne de res, vegetales y arroz cocinado aparte». Ricardo nos explicaba mientras nos ofrecía una chilera en un envase transparente con ajíes picantes, hierbas y vegetales para agregar al gusto y se nos explicó que ayudaba a calentar el cuerpo en tiempos de temporal. Se hablaba mucho de la cocina criolla y de lo que comeríamos y probaríamos; parecían muy motivados con el tema de la gastronomía. Tanto Ricardo como Don Beto, su padre, hablaban de las manos maravillosas de Doña Nena y la abuela, pero ésta ya casi no cocinaba.

Romina seguía ansiosa y quería salir, por lo que Ricardo se apresuró a buscar indumentaria para el campo. Romina se puso unas botas de hule, una capa con capucha, un chonete y una sombrilla. Ricardo se aseguró de que ella no se mojaría ni un cabello, a menos que resbalara. Igualmente Andrea quiso ir y yo, como su perrito huevero, saldría también con ellos y mi cámara. No se puede perder ningún momento. Nos dirigimos a lo que realmente nos llamaba la atención: el ruido caudaloso del agua que en algún lugar entre la espesa vegetación y la niebla, nos invitaba. Un ruido dulce, enigmático y hasta de terror, pero se palpaba la curiosidad y Ricardo nos guiaba por el camino.

—Éste es un lugar seguro —dijo.

En una pequeña colina había un mirador desde donde se observaba el Río Platanar. Ricardo se apresuró a contarnos que la propiedad tenía diferentes áreas sembradas de café, achiote, yuca, aguacate, árboles frutales y pastos para las bestias. Otras áreas se reservaban para otras épocas de siembra, como maíz y frijoles y que poseía un pequeño amazonas que llamaban Los Bobos, nombre alusivo a una especie de ave que da brincos al caminar por los suelos.

Al mirar el río en esos días, majestuoso y bravío, Ricardo nos explicó que en verano lo disfrutan mucho. Hay pesca, se puede nadar y hasta hacen rafting saliendo de la catarata de La Llorona y atravesando el bosque de conservación que Ricardo llama Los Bobos.

De regreso pasamos por debajo de un sembradío de achiote, un fruto con el que le dan color rojizo a la comida, en sustitución del azafrán o la cúrcuma. Una fiesta que parecía orgía o un escándalo ruidoso y alborotado que nos llamaba la atención, era el revoloteo de una bandada de pericos. Creo que todos son verdes, o algo así reza el refrán, y lo chistoso eran sus caritas pintadas de rojo al abrir el fruto y comerle su pulpa fresca.

—Prácticamente no dejan cosecha, pero lo importante es que quede para el consumo y disfrutamos de verlos cada temporada como parte de la finca y la familia.

De verdad era maravilloso, la tarde caía y al llegar de regreso iríamos a reposar, pero el dulce sonido de una guitarra nos invitaba a seguir de pie. Don Beto nos deleitó con algunas tonadas rancheras y un chocolate caliente y cargado, eso significa con piquete, un toque de aguardiente (guaro de caña).

El día siguiente se fue en lecciones de gastronomía. Desayuno con café de la finca y aguadulce, una bebida dulce hecha de la caña de azúcar, que me agradó con leche. El típico Gallo Pinto, plato de arroz con frijoles negros. En Centroamérica y el Caribe recibe otros nombres, como Moros y Cristianos, Burra, Casamiento o Locrio.

Ricardo nos explica que este platillo tiene mucho sentido aquí, porque para entrarle a las faenas del campo con este clima, a las 5 de la mañana, hay que ir bien fortalecido. Además, se acompaña con tortillas de maíz recién palmeadas y cocidas al comal en el fuego de leña; plátanos maduros fritos, queso fresco, carne en salsa y dos huevos, más una crema agria a la que llaman Natilla y en temporada, con aguacate. Todo un plato fuerte, realmente lo disfrutamos.

—Nos vamos de viaje mañana, hay lugares que visitar donde no llueve así —anunció Ricardo. Ya era el tercer día y empacamos, iríamos a Guanacaste, allí tienen otra propiedad. Está en una región ganadera y turística. Pasaríamos primero rodeando la laguna y el majestuoso volcán Arenal, ahí pasamos una noche en un parque acuático de aguas termales. La verdad queríamos quedarnos más tiempo, porque dentro de las piscinas de diferentes temperaturas nos divertíamos y seguíamos compartiendo con muchos viajeros de diferentes países. Prometimos volver al regreso. El viaje era encantador, rodeamos la laguna del Arenal entre bosque lluvioso y nos detuvimos para tomar fotografías cada vez que el tiempo lo permitía y alimentar y jugar con los animales ya acostumbrados a las personas, como los mapaches y pizotes. Un poco más adelante, el tiempo nos sonreía; sin ser soleado, la vista era panorámica y fresca. Por fin, desde Tilarán se dejó ver el cono perfecto del volcán Arenal. Iríamos a las playas al norte, a una planicie de verdes pastizales, de playas encantadoras y gente maravillosa.

En los días posteriores, bajo un clima agradable de poca lluvia, hicimos un recorrido hacia el sur en un trayecto inolvidable hasta llegar al Valle Central, donde recorrimos la capital, San José; visitamos a parte de la familia y algunos volcanes. Nos llevó al Irazú en Cartago, con unos paisajes bellos. En el camino, sus sembradíos tapizando las praderas como retazos de tela de muchos colores y arriba una vista maravillosa. Continuamos el recorrido por zonas cultivadas de café hasta llegar al pueblo de Barva, cerca de la ciudad; un mágico perfume inundaba la ciudad de Las Flores, así se llama la provincia de Heredia.

—¿Qué perfume es éste? —preguntó Romina.

—De seguro ayer llovió. Cuando la flor del café está en su punto, se encuentra a la espera de las ansiadas gotas de agua; como por arte de magia, siempre llega con puntualidad y al siguiente día todos los plantíos florecen a la vez como si fuera nieve y perfuman los alrededores.

—¿Y si no llueve?

—Alguien divino es quien administra la naturaleza. Nunca ha sucedido. La lluvia para la floración del café siempre llega cada año por estos días. Los milagros existen y este es uno de ellos, y ya conocerás muchos más.

Continuamos hacia el Volcán Poás en la provincia de Alajuela, fue como llegar a otro planeta. Su espectacular laguna humeante nos apareció de repente entre una vegetación de páramo y olor a azufre. Su actividad es permanente, al igual que otros de la región que permanecen activos. Ricardo nos comentó: «Ya que estamos aquí visitaremos un Mariposario que está cerca». Y así lo hicimos para luego hacer un recorrido hacia Alajuela y hacer una parada obligatoria en un parque divino llamado Zarcero. Como en todo lugar maravilloso en este planeta, con personas que se enamoran de su profesión más por amor que por dinero, conocimos a Don Evangelista Blanco, creador de todas las figuras hechas con árboles de ciprés que a través de los años le permitieron darles diferentes formas de animales.

Nos quedaban algunos pendientes como la costa atlántica con su reggae y de paso nos faltaban en la lista varios parques nacionales y el viaje a la Isla del Tesoro, por lo que decidimos que volveríamos de nuevo al siguiente año, para los diecinueve de Romina.

De regreso a la finca había desaparecido la niebla y aunque se mantenía el ambiente fresco y mojado podíamos recorrerla. Andrea se quedó para terminar unos trabajos desde la casa mientras Romina y Ricardo cabalgaron y algunas veces se fueron sin mí. Por las tardes nos reunimos en el río junto al bosque Los Bobos donde había una cabaña rústica, hecha con maderas de la finca; tenía muebles fabricados por Don Beto y una chimenea, afuera una terraza y una banca. Desde ahí sale un sendero que llega hasta una ruidosa catarata: La llorona, nombre alusivo a un cuento de una mujer que pierde a sus hijos en un río, los busca y los llora; hay quienes dicen que la han escuchado. Un pueblo cercano también lleva su nombre y la cascada es como si la montaña llorara. Por lo que fuera, el nombre está perfecto. El entorno era fresco y agradable, se podía escuchar el ruido de algunas aves y de paso conseguir algunas frutas silvestres como granadillas y marañones. Hay muchas verduras, hierbas y tubérculos diferentes en los sembradíos circundantes. Ricardo preparó platillos con malanga, nampí y tiquisque (tubérculos harinosos de la región). Encargó a los baquianos conseguir hongos gelatinosos de color rojizo, éstos sólo se consiguen en el bosque lluvioso. Los lavó, cortó y salteó con hojas de culantro coyote, la cual es una hierba con sabor aromático, familia del cilantro y abundante en los potreros. Los preparó al ajillo como acompañante de unas chuletas de cerdo en salsa de tamarindo, puré de tiquizque, un tubérculo de color lila y chayote, otro vegetal muy común en Centroamérica. De postre nos sirvió unas cajetas, dulces de coco en hojas de naranjo y adornadas con sus flores. Romina comió de todo y Doña Nena prometió que para el último día tendría tamales, por lo que sacrificarían a un cerdito y nos prepararían chicharrones con yuca. Fui a traer la yuca con Ricardo a orillas del río en un playón donde no fue difícil sacarlas por lo suave del terreno y eran enormes, y lo mejor de todo, suavecitas y blancas como almidón. También recortamos hojas de banana para envolver la masa de los tamales, hecha a base de harina fortificada con el caldo del cocido de cerdo que sería su relleno. Don Beto se preparó los propios mientras se mofaba de que los suyos eran especiales, con más carne y le guiñó un ojo a Romina, pues hacer una piña de tamales es colocar dos con la costura hacia adentro y luego amarrarlos para su posterior cocción; sin embargo, los de Don Beto eran una piña de tres y creo que Romina fue cómplice y se preparó los suyos con la ayuda de Don Beto. Ayudamos mucho en su elaboración y disfrutamos mucho preparando nuestros propios tamales cocinados con leña, por lo que fue como tener nuestra propia fogata. Tengo las fotos de ese mágico momento y de verdad que las atesoramos. Era el último día y alistamos el equipaje para el regreso a Italia. Romina miraba unos cuadros con fotos colgados en la pared y preguntó quiénes eran cada uno de ellos y enfatizaba en las de Ricardo en diferentes edades; de bebé, en la graduación, en la primera comunión o a caballo con su padre, pero había una en la que se detuvo y cuestionó:

—¿Por qué todos están descalzos y sin pantalón corto, excepto Ricardo?

—Yo los vestía y ellos se quitaban los pantalones, excepto Ricardo, que ya había visto cómo sus hermanos habían tenido algunos accidentes —contestó Doña Nena entre risas—. Un gallo casi se lo arranca a Jorge y a Hernán casi se le cae de la hinchazón, porque se pasó un gusano de algodón de apariencia inofensiva, pero ortiga duro. Ricardo era muy inquieto e hiperactivo y recorría todos los montes y praderas; aunque yo no quisiera siempre se me escapaba. Por eso siempre andaba con sus botitas de hule y pantalones. Siempre me enteré de sus travesuras, o me las decía él mismo o alguien me las contaba.

—Quiero que me las cuente, quiero saber cómo llegaron a esta finca —dijo Romina.—Que te lo cuente Ricardo, él tiene muy buena memoria.

—¿De verdad quieres saberlo? Sólo te contaré dos o tres anécdotas, algunas me avergüenzan, pero te aseguro que estoy vivo porque Dios creció conmigo en estos parajes, pero bien ahora les contaré una historia: «Había una vez un hermoso niño llamado Ricardo...» dijo entre risas y empezó a contarles:

—Decía mi padre, Don Beto, que quería a sus sesenta una parcela en una colina, un rancho, un caballo y al amor de su vida durmiendo en su regazo.

Lo obtuvo casi todo y pudo tener más de lo que soñó, pero hay cosas en la vida que no las decide uno.

Yo tengo varios recuerdos no muy precisos que no forman una idea clara, por eso este personaje inicia una historia caminando por la vida.

Llegó mi padre Don Beto con su Doña Helena a Florencia, en San Carlos, y conmigo, de escasos cuatro años, junto con mi hermano Jorge Luis de dos añitos a una colina sobre la pradera rodeada de montañas y bañada de ríos, pero sin agua potable. Lo más cercano era una laguna y de ahí nos surtíamos para sobrevivir. ¿Pobreza extrema? no, pero estábamos muy cerca. Mi padre era jornalero en las haciendas de caña vecinas, lo cuento porque lo recuerdo. Tengo memoria desde los 2 años y hago llorar a mi madre con mis recuerdos. Llegamos aquí desde Heredia, del Bajo de los Molinos, casa de piso de tierra. Sí, de mis parientes recuerdo a mi tío José, diez años mayor que yo. En esa época viajábamos desde Jocotal de Aserrí, donde nací, a Desamparados, donde nació mi hermano. Recuerdo subir el camino entre cafetales desde el Río Candelaria hasta Vuelta de Jorco, de la mano de mi abuela Rosalía. No me lo contaron, sólo lo recuerdo. Pies descalzos, pantalón corto, nada más. Sin bloqueador solar número nada, ni gorrita de marca, tampoco, para llevar el almuerzo a mi madre, quien escogía café en el beneficio de la Hacienda en Vuelta de Jorco. Recuerdo ver a mi madre lavando ropa en el río y el niño jugando en la orilla —yo—terminaba restregado con la misma barra de jabón azul y ese aroma de río, piedras y jabón, los llevo impregnados en el alma.

De allí, de Florencia, íbamos camino a no sé dónde, rodeado de cañaverales, por uno de esos caminos serpenteados y formados por dos hileras y un cúmulo de matorral al centro, surcado y elaborado por el ir y venir de los chapulines cargados de caña; sin miedo alguno por ese valor que la naturaleza nos regala a los que nacemos con esa estrella, pero guiados por Ángeles, lo que es un regalo junto a la inocencia de escasos cuatro años aún sin cumplir. En el otro carril y apresurando el paso, iba una joven con un niño de dos años en brazos, de cachetes rosados y bastante gordito para su edad, con un vendaje en la cabeza producto de una de mis inocentes jugadas. A mí me dieron chancleta en las pompis y hoy sé que me las merecía. Mi hermano estaba sentado en una hermosa repisa, un tablón de madera, debajo de la maisola, así llamaba mi papá a la pala ancha de aporcar, que colgaba en un clavo de la pared. Un pequeño golpe y ésta cayó sobre la cabeza de mi hermano y directo al hospital de Villa Quesada. Me sonreí casi burlándome y entonces me dieron más chancleta. De pronto siento que papá no ha estado desde mucho tiempo y me veo caminando, no sabía a dónde íbamos. Nos detuvimos y frente a mí estaba un majestuoso e imponente río de aguas transparentes. Así lo veía yo a mi edad. Mi madre cruzó primero con mi hermano, quien era muy obediente y esperaría sentado del otro lado mientras yo esperaba mi turno. Cuando mi transporte llegó me abracé fuertemente y disfruté esa eternidad de abrazo. Nunca lo he olvidado. Ya juntos del otro lado, mi progenitora se sentó a amamantar al chiquillo quien por cierto fue quien más aprovechó de ese hermoso don; recuerdo que el camino estaba caliente, debía ser medio día y mis pies no llevaban protección, seguro no alcanzaba el jornal para unas botitas de hule. Reiniciamos el viaje hasta que de pronto se terminó el camino y topamos con montaña; no comprendía los gestos de mi madre, pero había que devolverse porque nos habíamos equivocado en la bifurcación anterior. Con la misma seguridad disfrutaba del paseo observando el paisaje emplumado de verolises bajando para luego emprender una contorneada subida sin mostrar cansancio y de pronto el sonido inconfundible de un chapulín; no puedo asegurar, más bien fue idea de mi madre, lo esperábamos para un aventón pero no se detuvo. No sé, no estoy seguro de si mi madre decía malas palabras o iba rezando y no hablamos más al respecto. Cruzamos un paraje de montaña en el cual mi madre parecía asustada hasta llegar a su final y de pronto el primer indicio de civilización; mi madre preguntó algo y nos hicieron pasar. Era una casa de madera en una ladera de un hermoso potrero desde donde se divisaba toda la llanura, un majestuoso volcán y un serpenteante río; creo que nos ofrecieron algo de beber y mi madre contestó: «No, estamos bien así». Ella no me preguntó, por lo menos nos trajeron agua, la cual me sentó muy bien, por lo que esperé sentado en la sala y se me ocurrió preguntarle a mi madre a dónde nos dirigíamos, pues me preocupaba alejarme mucho por el largo regreso a casa, un humilde rancho que no nos pertenecía pero que era mi casa a donde mi padre llegaba por las tardes con los brazos llenos de pequeñas heridas y oloroso a papá, digo, a sudor de padre. Preciso la respuesta era ir a su encuentro, entonces me alegré porque hacía varios días que no lo veía. De pronto que llega el agua y mi madre ingresó a la cocina conversando con la señora de la casa, mientras tanto varios güilas corrían de un cuarto al otro, sonreían y corrían descalzos, pero además veía varios pares de ojos que me observaban por las rendijas; igual no me molestaba nada, había que continuar el camino. El apellido de esa familia era Pérez y nos guiaban hacia la finca vecina; para llegar a ella, bajamos el potrero, cruzamos un riachuelo de donde nos llevaron el agua y luego subimos un trillo por entre la montaña y hasta llegar a otro potrero donde se divisaba una casa en lo alto de la loma. De repente gritos, ademanes y carreras: «¡El toro, el toro, cuidado con el toro!», gritaban dos jinetes y un jovencito a pie. Lo lazaron y lo amarraron a un árbol frondoso de naranja y mi madre... ¡oh! mi madre hecha un nudo en el suelo con Jorge debajo. Sabia decisión, pero yo no recuerdo haber sentido miedo, la bestia pasó cerquita. Nos llevaron a la casona y nos presentaron a sus padres: Chichi Araya y Doña Isolina, nos ofrecieron aguadulce aparte de que mi madre conversó largo y tendido mientras la señora se ofrecía de partera por si acaso en un futuro y le indicaba el camino a seguir para llegar a donde se encontraba mi padre. Ella fue la partera designada de mis siguientes cuatro hermanos. La dirección era segura, ya que sus hijos mayores trabajaban volteando montaña con mi viejo. Poco antes de llegar se escuchaba el murmullo de un caudal potente, pero no se veía, estaba en algún lugar y pronto iría a descubrirlo. Encontramos a mi papá, volando machete y a sus gendarmes apeando arbolitos de mediana estatura justo al pie de unos centenarios cortezas. ¡Ah, qué alegría de encuentro! era tarde, caía la noche, así que los peones para su casa y nosotros para la nuestra; ya no había tiempo ni fuerzas y más aún, la noche nos abrazaba. Un rancho de cuatro paredes de madera vieja y latas de cinc herrumbradas, un chorro de agua entraba por cañas de bambú hasta un fregadero y salía de forma continua por una rendija. Mis ganas de ir al baño me las aguanté hasta el día siguiente, ni el más valiente iría en esa oscuridad con una candela en un lugar desconocido; más bien esperé el aguadulce que estaba en proceso, en una vieja cafetera que rechinaba sobre tres piedras de un pequeño fogón. En una esquina había un racimo de bananos maduros, excelentes para acompañar el agua dulce caliente. Mi madre me había enseñado a darle las gracias con mucho respeto a mi papá y él me había enseñado a decirle con mucho cariño a ella «Masita» y juro que no sé si es con "s", con "c" o con "z". Mientras Masita le cambiaba las mantillas a mi hermano y mi padre afilaba el 28 en un gran molejón, conversaban; papá le contaba cómo era la finca, cuántos ríos tenía y qué había sembrado. Nunca me cansaba de mirarlos y escucharlos, sus ásperas y toscas manos en mis cachetes eran la más dulce caricia que yo podía recibir, pero había que descansar, así que a dormir. Sólo había un camastro y una colcha de retazos y allí no cabíamos los cuatro y mucho menos con sus arrumacos. Por cierto, mi papá era conocido como Don Beto por su primer nombre: Humberto. No puedo ser exacto en mis cuentas, pero casi estoy seguro de que nueve meses después nacería Hernán, pero esa noche y muchas otras yo dormiría en un gran saco de gangoche lleno de pulgas del zaguate que tenían en la casa. Qué gran invento el saco de gangoche, me servía de colchón y de cobija a la vez. Al día siguiente llegó todo el menaje del cambio de casa, cabía en una carreta jalada por bueyes.

Pronto cumpliría esos cuatro años, pero antes de que amanezca el siguiente día y ya instalados, haré un recuento de mis aventuras antes de partir en esta nueva aventura.

Al abrir una ventana, miré al otro lado de la quebrada a un caballo; en realidad era una hermosa yegua, lo primero que compra un campesino si quiere transporte. Los nombres que papá les ponía a sus animales eran sus ocurrencias y solo él los entendía, pero a mí me gustaban. Afuera ladraba un acordeón de huesos y sarnoso pero sonriente, como si estuviera feliz de darnos la bienvenida. Era Virringo, un perro especial, feo a la vista, pero adorable por dentro; siempre estaba sonriendo, moviendo la cola y de mirada tierna, imposible no querer a ese saco de huesos.

Un día, no sé cuál, papá se fue a la capital a comprar una escopeta, pues los lugareños rumoraban que un león rondaba las fincas y estaba matando a los terneros y crías jóvenes. Mi madre estaba embarazada, teníamos cerdos y gallinas. Una noche se escuchó ruido, el perro ladraba y los cerdos estaban inquietos. Miré a mi madre, asustado, tomar el cuchillo grande y acurrucarnos a Jorge y a mí. Tuvimos miedo, no dormimos hasta el día siguiente. Esa mañana llegó papá con la carabina, mi madre le contó lo sucedido y esa tarde se reunieron los vecinos y encontraron marcas de arañazos cerca de la casa y en el potrero. Ellos lo siguieron y no lo encontraron, pero cuentan que los leones huelen cuando hay una mujer embarazada. En esos días nació Hernán. Hoy sabemos que no era un león, así le llamaban en el campo a los pumas y a los manigordos, felinos de gran tamaño.

Otro día, más bien otra noche cualquiera un año después, mi padre salió volado a caballo. Mi madre estaba enferma, suponía yo. Mi madre me gritó: «Ricky, tráeme una palangana con agua, ponla entre mis piernas y una toalla». De pronto me llevé un gran susto, algo se movía entre las piernas de mi madre, cuando escuché a los caballos, era de nuevo la partera Isolina, esposa de Chichi Araya. Al verlos llegar les grité: «Corran, que un zorro está mordiendo a mi mamá». Así nació Huberth.

En otra ocasión me senté en un plato de sopa caliente...—Cuánta ternura en tu inocencia —interrumpe Romina.—¿En dónde me quedé? —preguntó Ricardo.

—En que se sentó en la sopa caliente —dijo Romina sonriendo.

—Ah, sí, eso me pasó por despistado —y continuó su relato—: Dejé la sopa sobre la cama y fui por un panecillo, me gustaba remojar el pan duro en la sopa y al regresar me senté en la cama. No, me senté sobre la sopa en la cama y de un brinco salí corriendo hacia el riachuelo detrás de la casa, me bajé el pantalón corto y me refresqué en el agua. Me ardía mucho ya que la sopa estaba hirviendo. Después casi no podía caminar y no sabía qué decirle a mi madre. No sé qué me dolió más, si quedarme sin comer esa deliciosa sopa o las ampollas en las nalgas. Nunca le dije la verdad a mi madre y cuando me miró las pompis pensó que de seguro algún alacrán me había picado.

Nunca paré de hacer travesuras. Mi vida en la montaña fue preciosa y aunque se vivían penurias yo nunca me percaté. Muchas veces no había para comer, pero yo nunca pasé hambre. Siempre había alguna fruta en su punto y me hartaba de ellas. En una loma había trece árboles de mandarina en fila, desde lo alto frente a la casa hasta la quebrada, y yo empezaba en el primero y pasaba por sus ramas hasta el último. Las mejores frutas estaban en el centro, entre el sexto y el octavo árbol, y las más dulces y hermosas en su parte más alta. Una vez encontré una pequeña serpiente verde y aunque vivía matándolas me asusté al verla de repente. Cuando recapacité estaba boca abajo, llena la boca de tierra y sangrando. Sonreí al ver que me caí y rodé por la ladera y ahí recordé que era una serpiente Lora, que no es venenosa. Me senté, me sacudí y regresé a casa buscando que mi madre no se enterara, pues tenía muchos chollones y golpes. Al llegar me gritó: «Ricky, ¿qué hizo? Mira como viene y con la camisa nueva que le regaló su padrino; venga para acá, ni crea que eso se queda así, venga para que aprenda». Y me dio café, pero en varilla.

—Es que se lo buscaba siempre —dijo Doña Helena y Ricardo continuó con su relato.

—Luego me fui a la quebrada a refrescar mis penas y quitarme la tierra de encima. Al regresar me llamó mi madre. «De nuevo», pensé, «me toca otra tanda» y ya no sabía qué ponerme para que me doliera menos, pero muy valiente me acerqué, siempre dispuesto a otra ronda de café —risas de todos—. «¿Qué fue lo que le pasó?» preguntó mi madre. «Me caí de los mandarinas porque había una culebra». «Qué mi chiquito, ¿lo mordió?». «No madre, sólo me caí por la peña y me raspé un poquito». «¿Por qué no me dijo?» replicó mi madre. «No me dio tiempo», le dije. «Venga para hacerle un chocolate con arepas, pero bien merecido lo tiene, eso se saca por andar encaramado en los árboles; ya se lo he dicho pero usted no tiene fundamento». Ahí me di cuenta de que un chocolate caliente con arepa cura cualquier dolor.

Se interrumpe de pronto la narración. Lucía, la hermanita menor de los hermanos, estaba llorando.

—¿Qué te pasa, amorcito? —le preguntó Ricardo.

—Es que no sabía que mami fuera tan mala contigo, a los niños no se les pega.—No, mi amor, yo disfrutaba esos castigos; siempre después de un castigo yo me iba a un rincón y me quedaba allí hasta que ella llegaba y me abrazaba y me decía que me estaba educando y yo le agradecía por esa educación. Además, siempre me premiaba con chocolate o aguadulce con empanadas o arepas; sus castigos me dolían sólo en las nalgas pero no en el alma —risas de los niños.

Doña Helena, sin decir nada, se secaba algunas lágrimas.

—Es que era el puro pisuicas y no tenía paz, nunca sabía dónde andaba y no quería que le pasara algo malo.

—Lo sé, mi amor, —le dijo Ricardo—. Soy el hombrecito que tú educaste, ah, pero eso sí, a los castigos de papá, a esos sí les tenía respeto porque mi madre se dormía castigándome y terminaba de darme chilillo cuando se le cansaba el brazo, pero los de papá eran dos tan fuertes que a veces pensaba que me iba a quedar inválido.

—No exageres —dijo Don Beto.

—Sí, papá, eran dos cuerazos con la cubierta del cuchillo pero sin sacarlo y si la cubierta estaba rota en la punta, me dejaba marcas. Esa sí era la cura total, esa travesura no se repetía. «A ver si lo vuelve a hacer» me rezongaba, pero siempre me inventaba una nueva, como la vez que... mejor se los cuento otro día.

—No, no —protestó Lucía—. ¿Verdad? —preguntó a sus hermanitos.

—Sí, cuéntanos.

—Pero es muy tarde —les dijo—, hay que dormir. Bueno, está bien —prosiguió Ricardo:

—Mi madre enfermaba muy seguido porque padecía de asma y aquí en la finca era complicado lo del clima para ella, en especial en época de temporal y sus tareas empezaban preparando el desayuno y ordeñando a las vacas, luego alimentar las gallinas y hacer merienda para los cerdos, tareas en las que yo ayudaba. Como les decía, en una de esas recaídas la dejaron internada en el hospital de Ciudad Quesada. Papá la llevaba y yo me quedaba con mis hermanos. Una tarde había una paloma presumiendo por el camino frente a la casa, preciso entre la ventana de nuestra casa y la casa del vecino al otro lado de la quebrada. Como yo siempre he sido muy inteligente, pensé: «Si le disparo con la carabina, alguna de las balas le pega». Dieciocho tiros tenía el magacín de esa hermosa carabina nueva de mi papá que siempre estaba a disposición, pues mi padre salía de cacería a la montaña. «Jorge, páseme la carabina». Mi hermano la trajo arrastrándola, muy obediente el gordito, era más grande que él. La tomé, le quité el seguro, apunté y pum, pum, pum, caí de espaldas. Se vaciaron casi todos los dieciocho tiros y vieran que casi me mato o me jalo una torta, y justo antes de dispararle, la condenada paloma se fue volando. «Bueno, no pasa nada, dejemos la carabina en su lugar y será en otra ocasión, con mejor puntería» pensé. Al rato llegó un vecino a preguntar por papá, parecía muy enojado pero bueno, nos tocaba baño y dejamos al hermano menor Hernán en la casa y nos fuimos Jorge y yo a la quebrada donde habíamos hecho una poza y disfrutábamos del agua fría y transparente de la montaña. Mientras gozábamos de la naturaleza, llegó papá; qué alegría nos dio, seguros de que regresó con mamá. Sin decir palabra tomó a Jorge de la mano y le dio tres castigos con una rama de café. Aun no entiendo por qué otra vez café. Y luego a mí... esa vez sí me dolió, ni siquiera sabía por qué nos castigaban, las preguntas vinieron después. «Porque dispararon la escopeta, ustedes dos están locos». Traté de explicarle, pero estaba enfurecido. «Casi matan a Gerónimo, el hijo mayor de don José Ángel Jiménez, nos dijo papá. Si no fuera por Hernán, no me entero». «Ah, ahora sí entendí, se enteró por ese chismoso» pensé. Según cuenta Gerónimo, se estaba bañando cuando un disparo entró por la ventana de su baño, quebró el espejo y un vidrio le hizo una herida que casi lo mata. Yo no le creí, pero dicen que Gerónimo pensó que había sido mi padre y cuando se enteró de que había sido yo no llamaron a la policía. O sea, lo salvé de ir preso y nos castigó —todos rieron—. Además, porque papá le regaló dos botellas de cabeza, su mejor guaro. Y esta historia me la completó mi madre que al llegar a casa gozaba y más bien al que le fue feo fue a mi papá, porque lo puso en su lugar. ¿Se acuerdan? —preguntó mirando a sus padres—. Le dijo: «Los chiquitos no tienen la culpa de que seas tan irresponsable de dejar a mano la carabina y cargada ¿cómo se te ocurre?

—Ah, sí.

—Así que la verdad es que uno aprende de los castigos.

—Así lo enderecé —dijo Don Beto—, porque sí era un niño inquieto, lo sacan a uno de quicio. Aquí tienen este plato de chicharrones con yuca y patacones. No sólo mi hijo es "Chefe", yo también.

—Eres el mejor "Chefe" —dijo Ricardo.

—Aquí tienen aguadulce y si alguien quiere un traguito...—Yo sí quiero —dijo Andrea.—

Yo no —dijo Romina—. Quiero escuchar más aventuras de Ricardo. —Travesuras, dirás —agregó Doña Helena.

—Sí.

Romina estaba embobada con las historias de la niñez de Ricardo y él continuó, imagino que quería tenerla ahí para él, toda la noche:

—Bueno, una o dos más, sólo para complacerlos. Les decía que estoy vivo porque Dios creció conmigo.

Una tarde escuché un tractor de oruga acercarse al puente y al lado había un árbol con un agujero, pues se sabía que ahí había un puerco espín, por lo que le prendieron hoguera en la boca del agujero para sacarlo. El maquinista se bajó y me preguntó por papá, necesitaba un permiso para bajar con el tractor al río y para eso tenía que hacer el camino con el mismo vehículo. Mientras conversaban del otro lado del puente, midiendo el terreno porque el puente de madera no aguantaría el peso de la máquina, le pregunté si podía manejarlo. No creo que lo pensó bien y me dijo que sí o no estoy seguro pero eso entendí y me subí a la cabina. El tractor estaba encendido y su sonido era música para mis oídos, pero aun así no parecía haber ningún peligro para un niño de cuatro años. Mi padre, al verme encaramado me gritó: «¡Bájate ahí ahora mismo!». «Bueno» dije y crucé el puente; no había llegado a ellos cuando un estruendo nos sacudió la sangre. Con la vibración del tractor encendido, el árbol se desplomó preciso sobre la cabina del Caterpillar. Mi papá, Dios o un Ángel de la guarda, lo que fuera, me salvó.

—Sí eso es cierto —dijo Don Beto—, casi lo pierdo esa vez... y muchas veces. —aseveró mientras se acercaba y lo abrazaba.

—En otra ocasión corría por la orilla del río y sin percatarme de que el borde de la poza del remolino del diablo estaba húmedo y resbaladizo, me acerqué demasiado rápido y "chupulún", se me zafaron los cascos y Ricardito fue a dar al río. De la nada sentí la mano de

Dios sostenerme, volví a ver y era un hijo de don Chichi Araya quien me sujetaba, él se encontraba sentado a la orilla pescando. Fernando se llamaba y según cuenta, me miró llegar, correr y caer a la poza.

—¿Y si él no hubiese estado allí? —pregunto Doña Helena—. ¿Ves…?

—Qué miedo —dijo Romina—. Tiene razón, Doña Helena, esas no son aventuras. Pero me encantó, son pinceladas para conocerte. Lo que fuiste, eres y serás. Y si eso es genético, lo serán tus hijos —agregó mientras todos reían.

Así pasaron un rato más, hasta que llegó la hora de dormir.

Con el canto de los gallos se levantó Ricardo. Romina y Jorge lo acompañaron a traer a las vacas para la ordeña y después del desayuno, muy temprano, cabalgaron hacia la colina. Ricardo montando a Grillo, su potro y Romina a Güita, que es la madre del potranco, galopaban sin prisa. Yo siempre noté una conexión diferente en ellos. Regresaron antes del mediodía, nos despedimos de la familia, el sol brillaba y el paisaje apareció en su magnitud y a lo lejos se veía el cono volcánico del Arenal.

Ya en el aeropuerto, nos prometimos volver a vernos. Ricardo viajaría al Caribe a su trabajo en su hotel, Romina a la Universidad y Andrea retomaría el estudio y sus viajes. Yo iba recopilando historias y volvería a mi rutina de trabajo. Sé que Romina y Ricardo se escribían a diario, igual lo hacía conmigo, siempre pendientes de nuestras vidas.

LA OTRA COLINA - DEL PRIMER VIAJE A COSTA RICA

El cuento de la Mariposa Blanca. Enero de 2019

De las memorias de Ricardo

Recostados los cuatro en los árboles de corteza.

—¿Sabes? han pasado ya poco más de tres años, éste cumplirás diecinueve —dijo Ricardo.

—El tiempo pasa rápido. Recuerdo el Caribe, cuando te conocimos, qué bien la pasamos.

—La pasamos genial —intervino Andrea—, no es por molestar, pero debemos repetir ese viaje para celebrar tu cumpleaños.

—¿Y por qué no en junio para celebrar el tuyo? Hasta podrías llevar a tu amada Gissella.—No se me había ocurrido, es una idea genial. Voy a regresarme a la cabaña, debo hacer unas llamadas y allí estaré más cómodo que en este pastizal. Son temas de trabajo, ya sabes.

Esas famosas llamadas de trabajo de Andrea nadie las tiene, no están documentadas. Se supone que es un hombre de negocios y está muy al pendiente de sus clientes, aunque hay una cliente en Suiza muy importante y especial.

—Anda ya casi te alcanzamos —dijo Romina.—¿Sabes? Andrea es muy aplicado a sus negocios y eso es bueno, así alcanzará mucho éxito —afirmó Ricardo.

—Sí, pero a veces se pasa de aburrido. Lo he notado distanciado y frío o muy concentrado en sus negocios; en cambio estar contigo es más ameno, me haces sentir bien, me haces reír y de paso aprendo muchas cosas nuevas. Adoro tu conexión con la naturaleza, con tu familia, con tu trabajo. De verdad te admiro.

—¿Sólo eso? ¿no te gusto nada?

—Eh, shh, tú bien lo sabes. Aquí está Lucciano. Somos amigos, mejores amigos.

—¿Te habré molestado?

—No, para nada, es sólo que no quiero ilusionarme ni darte falsas esperanzas. Sí me gustas… y sé que te gusto, al igual que me ha gustado Andrea y nos gustamos desde siempre. Lo siento Ricardo, pero ahora no quiero estropear nuestro cariño. Sabes la situación familiar, hay que esperar.

—Entiendo y te agradezco tu sinceridad. ¿Sabes? me encanta estar aquí, éste es mi lugar preferido para hablar con mi bosque y con el firmamento en las noches estrelladas. Me fascina el ruido del río y de la catarata, adoro escuchar a las chicharras y a las aves, en especial al yigüirro, que siempre canta después de la lluvia y estoy seguro, convencido, de que le agradece a Dios. En todo deberíamos imitar a la naturaleza y ser agradecidos con el Universo, o con algo o alguien divino, como lo quieras ver, creer y sentir. Lo más importante es sentirlo. Me gusta estar siempre en modo positivo, vivir esa sensación de alegría, que no hace otra cosa más que traer más alegría y eso es saludable al cuerpo y a la mente. Al hablar con el bosque, cuando lo hago, siempre se me aparece una mariposa blanca y revolotea a mí alrededor. He llegado a pensar que la mariposa blanca es un conducto entre la muerte y la vida espiritual, tal y como muchas culturas indígenas lo describen. Existen muchos relatos al respecto. En el cuento japonés que se llama "La Mariposa Blanca", el verdadero amor nunca muere ni entiende de fronteras. Las mariposas blancas son símbolo de pureza en un alma libre, simbolizan el renacer, el cambio y transformación. Dicen que la visita de una mariposa blanca significa una buena noticia. Pero todo es un cuento e hipótesis.

—¿Cómo? No entiendo.

—Pienso que la energía del alma es transportada de un lugar a otro. Después de morir se traslada a la mariposa y al morir ésta se deposita en el cuerpo de los seres al nacer. No sé si los niños nacen con alma, debería ser un puente entre la muerte y la vida, como una transición. Si el espíritu no muere, se debería reciclar esa energía. No creo que quede vagando en la nada. Si fuera yo y pudiera escoger el puente, quisiera ser una Morpho blanca de ojos azules como la de mi santuario Los Bobos. Poder estar aquí en mi bosque y escoger al niño al cual darle mi energía. ¿Sabes por qué lo creo? porque toda energía-alma existe y aunque no la podamos ver, sí la podemos sentir y esa energía en esencia es nuestra alma. Me gusta todo lo relacionado con las mariposas.

Me dediqué a estudiar Lepidopterología, que es la ciencia que estudia todo lo relacionado con las mariposas; o sea que yo soy un lepidopterista, además de cocinero. Ahora te pregunto: Cuando tienes una emoción fuerte, de amor, por ejemplo ¿dónde la sientes? Y si es una emoción triste, la muerte de un ser querido, por ejemplo ¿dónde te duele?

—Dentro en algún lugar, en la barriga.

—Entonces dices que sientes mariposas o que te duele en el alma o que sientes gorrioncitis. Esos son sentimientos, buenos y malos. Son invisibles e intangibles. Si eso no es materia, entonces al morir la energía de esa alma no muere como dicta la ley, ni se destruye, sólo se transforma, como una mariposa. Aquí vive una mariposa blanca de ojos azules, es muy escurridiza. Le he comentado a mi familia y pocos dicen haberla visto. Mi padre dice que mi abuelo le contaba de esa mariposa blanca, pero para nadie en el campo es importante.

Por curiosidad me dediqué a investigar en los mariposarios de Costa Rica, aquí hay varios. Uno famoso es el que visitamos, el de La Paz Waterfalls y otro es el de la Universidad de Costa Rica, pero este último alberga 25 especies a lo largo de todo el año. ¿Sabes que aquí en mi país hay mil quinientas variedades diurnas y doce mil especies nocturnas?

—Wow, ni idea.

—Sé que mi mariposa blanca es endémica de nuestro bosque y debo ponerle un nombre. Sé que es una variedad de las Morpho, la más conocida y famosa es la Morpho Azul; también está la Morpho Blanca, pero ésta tiene unos bordes negros. Dentro de la variedad de las mariposas blancas se encuentran comúnmente las Ascia Monuste y la Morpho Peleides, pero estas son pequeñas y no son tan deslumbrantes. Mi mariposa blanca no está en ningún registro y es la más bella que jamás he visto, aunque creo que el macho es del tamaño de la palma de tu mano. A ver, junta tus dos manos abriéndolas como cachando una pelota o algo que te han lanzado, pero mantenlas unidas como formando una copa. De ese tamaño es el macho, las hembras son más pequeñas.

—¿Por qué dices que son endémicas?

—Porque he buscado y no logro encontrar otra igual en ningún registro de ningún otro país y pocos tenemos la dicha de verlas. Por eso son mis mariposas, están en mi bosque y debo cuidarlas. Espero que puedas verlas, es lo que más deseo. Lo peculiar de ellas es que sus ojos son azules, como los tuyos...

Ricardo se queda en silencio mirando a Romina fijamente, mientras ella encoge los hombros en gesto de "¿y qué?". Ricardo le dice: «Ahora recuerdo mi sueño de la hermosa mujer vestida de blanco, de ojos azules, que no pude alcanzar. Tú eres mi mariposa blanca de ojos azules».

Romina, con cara de sorpresa y algo de intriga, le dice: —Ricardo, era un sueño, ya está bueno. Me gusta tu relato y tu explicación pero yo no he visto a tu mariposa blanca. Me gusta tu forma de pensar, pero no me asustes. Yo estoy aquí y sabes que estoy y estaré para ti por siempre...

Ricardo la interrumpe: —Me siento algo extraño ahora que lo recordé. A mí me gusta todo lo espiritual, me gusta la energía positiva porque lo igual atrae a lo igual como un imán, así nos lo explican y nos dicen que eso es "El Secreto". Lo contrario se repele, eso se estudia en física. Por eso creo, por eso defiendo mis teorías y por eso amo esta finca y sus criaturas. Sin la mano destructiva del hombre, todo sería maravilloso. Eso sí, hay que respetar las leyes naturales porque también son peligrosas. Yo vengo aquí a meditar, a pedir y a agradecer; en paz, tranquilidad y armonía. Todo lo demás del día a día son herramientas para alcanzar la abundancia y la vida plena. Entendiendo que hay piedras en el camino y que si tropiezo me levanto, me sacudo, curo mis heridas y continúo. No puedo quedarme tirado esperando a que alguien tenga lástima de mí o quedarme lamentándome. No logro nada con eso. No quiere decir que no acepte ayuda, entre más, mejor. Posiblemente me levante y vuelva a tropezar y a eso se le llama experiencia, también lo he leído, no me lo he inventado yo. Otra cosa que me encanta es la energía del agua. La utilizo cuando me siento triste, confundido o tengo algún pesar, porque no lo podemos evitar. Si algún familiar está enfermo nos cambia el ánimo negativamente. La última vez que mi madre estuvo en el hospital, yo me sentí vacío y preocupado, podíamos rezar en casa pero no era igual; entonces venía a cualquier hora del día a la catarata, me sumergía en la poza y pedía a Dios. Empezaba agradeciendo por todo lo que me ha dado, por todo lo que he vivido. Cuando lo hice desde lo más profundo de mí, fue un bálsamo a mi ser, se siente como abrir un portal espiritual que trae paz e increíblemente he recibido respuestas prontas; otras veces he tenido que esperar, algunas parecen que nunca llegan, pero lo peor sería no intentarlo. El agua se lleva mis pesares y dolores temporales, el agua me transforma, me limpia el cuerpo y el alma. La música de sus rápidos y la catarata, además el canto de las criaturas del bosque y el olor específico del río, su musgo, sus aromáticas calas blancas, su tierra, es algo mágico… y mis Mariposas Morpho Blancas. El que logra conectarse a través del agua sólo podrá tener experiencias divinas. Sabes que el agua es un conductor de electricidad y la electricidad es invisible, pero el que no cree y no lo intenta sólo pasará por la vida sin darse cuenta del poder ilimitado que tenemos. Yo creo en todo lo espiritual y en la energía del ser, tantas preguntas sin respuestas. Mis sueños, muchos se han materializado, aun los que no he querido. Muchas veces no lo supe manejar y pasaron por algo, desde lo inconsciente y quiero siempre poder manejarlos. ¿Sabes? desde que te conocí, creo que inconscientemente lo pedí, era un imposible y aquí estás. Nada pasa por casualidad, vivo soñando, pensando y pidiendo para que estés conmigo y hasta ahora lo he logrado. No sé lo que pasará a futuro, sé lo que está pasando hoy. Estoy agradecido por verte llegar a mi vida.

Romina, amiga, doy gracias porque existes y sobre todo doy gracias por ser parte de mis sentimientos.

Mira, la gente sólo debe intentarlo conscientemente, funciona, pero debe ser paciente porque es un modo de vida. Hasta la suerte llega cuando estamos motivados, felices y agradecidos. ¿Por qué estar al lado contrario? Sería como jugar con una serpiente venenosa, si te muerde es porque tú la provocaste.

—Wow, no sé cuánto creerte pero me dejas boquiabierta, parece que te gusta la filosofía y lo peor, me convences. ¿Y qué más cualidades tienes?

—Oh, me gusta escribir, pintar, dibujar, bucear, sembrar, la lepidopterología y ahora cocinar. Una de ellas será mi profesión, las otras serán pasatiempos, pero lo que más me gusta, eres tú. Serás mi profesión y mi pasatiempo. Bueno, ya dejo el tema hasta aquí, no quiero asustarte ni aburrirte.

—No, es sólo que… es raro. No me lo esperaba, todo esto es nuevo para mí.

—Sí, lo sé, lo sééé... Mañana iremos con papá a la finca de Guanacaste. Es el nombre de un hermoso árbol y así se llama la región. Por eso vamos a Guanacaste, a nuestra fica "El Guanacaste". Ahí tenemos algo de ganado, mi padre quiere venderla y comprar más aquí y hacer más grande esta finca. Yo espero tomar un crédito bancario para ayudarle y no deshacernos de ella, las propiedades son un seguro de vida, siempre aumentan su valor.

—Si quieres podemos ayudarte, no sería problema, mis padres pueden darte el dinero.

—No, lo mejor es pedirlo al banco, no quisiera quedarles mal a tus padres. ¿Te imaginas que no pueda pagarles? en menudo rollo me metería.

—Sí que eres orgulloso, pero bien sabes que cuentas con nosotros.

—Sí, lo sé, lo sééé... muchas gracias, amiga. Vamos bajando, pasemos por Andrea y le preguntamos si desea ir con nosotros mañana. El viaje es de unas cinco horas y si hay tiempo iremos a la playa. El Coco está cerca y me encanta ir ahí, aunque la arena no es blanca como en el Caribe, es gris volcánica y salvaje, como yo.

—¿Como tú? Bien, vamos, mi salvaje —concluyó Romina entre risas.   Al siguiente día, de paso por el camino a Tilarán rodeando de nuevo la laguna Arenal, esta vez con el privilegio de tiempo despejado, hacíamos paradas obligatorias a tomar fotografías; el cono volcánico limpio y perfecto, unas vistas maravillosas mientras los temas de costumbre seguían. Don Beto recordando cuando el volcán hizo erupción allá por 1968 y desapareció todo un pueblo. Cuando se tomaba tierra para cultivar y se hacía finca, cuando... cuando... cuando. Yo iba tomando nota. Al llegar a la finca sólo se divisaban pastizales y ganado bajo hermosos y frondosos árboles de Guanacaste, casi siempre un hato de ganado bajo su sombra tomando agua, rumiando o simplemente cubriéndose del sol. Nos recibieron los encargados de la finca o vaqueros, a los que se les llama Sabaneros, con sombrero blanco de ala ancha, camisa blanca de manga larga y pantalón de mezclilla o manta blanco y una pañoleta roja; cuchillo en su vaina al cinto y mecate enrollado para lazar ganado. O como dice Ricardo: «Con la soga al cuello». Todos con botines de cuero estilo Rodeo Texano. Romina y Ricardo se apresuraron a cambiar su indumentaria, obligadas las botas de cuero y el sombrero para esquivar los rayos del sol. Ensillaron sus caballos y acompañaron a los Sabaneros y a Don Beto. Romina está acostumbrada a montar, lo que pareció sorprender a Don Beto. Yo seguí en el vehículo con Andrea por el camino hasta llegar al corral donde arriaban un hato de reses para ser marcadas con un hierro caliente que tenía las iniciales de la finca y las de don Beto: G.B. (Ganadería Don Beto). Me acerqué a la barda donde estaban Ricardo y Romina mientras los caporales hacían su trabajo y Romina criticaba:

—Eso les debe doler, eso es cruel.

—Es un sello de propiedad, sin esa marca no puede uno reclamar si se las roban. En todos los lugares hay cuatreros, por eso deben estar marcadas. Ven, acércate.

Al llegar, Ricardo tomó el hierro marcador, lo puso al fuego vivo, tomó a Romina de la mano y se acercó a una vaquilla, la tomó de una oreja y le murmuró algo así: «Eres mía, me perteneces. Oye bien, mía, mía». Y acto seguido pegó el hierro a uno de sus cuartos traseros, mientras la vaquilla sólo volteó a mirar como si no le doliera. Ricardo miró a Romina, guiñó un ojo y mordió su labio inferior.

—¿Ves? sólo sintió un cosquilleo en el cuero de su piel y así ya está marcada para mí. Es de nuestra finca, ella ya lo sabe.

—Entonces hay que hablarle al oído... ¿y si no lo haces?

—Si no lo hago, no sabrá quién la marcó, ni a quién le pertenece. Escuchó mi voz, sintió a su propietario, soy su amo, su dueño... y único dueño.

—Ja, já, já, ¿qué chiste tiene? Yo no me dejaría marcar ni ser propiedad.

—Bueno, para eso los humanos utilizamos anillo de compromiso y de matrimonio, ¿para qué más marcas de pertenencia?

—Sí, tienes razón. A la vaquita no le puedes poner un anillo de compromiso, pero a mí sí —dijo entre risas.—Ah, ahora eres tú quien me hace chistes. Te lo perdono.

—Ricardo, te quiero preguntar algo, este… ¿has pensado en tener hijos?

—No.

—¿No? ¿por qué? —preguntó Romina haciendo una mueca y en tono triste.—Digo, no he pensado en tener hijos… que los tenga mi esposa.

—Ah, ya. Ya quisiera yo que los hombres se embarazaran, cuánto gozaría.

—De ti sí me dejaría —dijo sonriendo y con miradas picaras, siempre mordiendo su labio inferior—. Ven…

Sentados en el bebedero debajo de un gran y frondoso árbol de Guanacaste, donde a su alrededor se encontraban unas cuantas docenas de ganado a la sombra, rumiando, entonces Ricardo le contesta:—Me encantaría tener una niña y la veo correr por nuestro campo. La traería aquí, vestidita de vaquerita, le tendría su sombrerito y sus jeans, unas botitas —se quedó callado por unos segundos—, sí que me volvería loco. Y si fuera niño, igual. La niña, quisiera una réplica tuya, con tus ojos celestes y rubia, tan bella como su madre. Sí, así la veo y como va nuestra relación, veo posible ese sueño. Sería el hombre más feliz de la Tierra. Loco, me volverían loco.

Romina con lágrimas, casi a punto de llorar, dijo:

—Me sonrojas… ¿y qué nombre les pondrías?

—Me encantaría llamarla Gwyneth, como la cantante británica Gwyneth Herbert. ¿Sabes? me gusta mucho su tema: "Only love can break your Heart".—Sólo el amor puede romperte el corazón… eso es muy fuerte.

—Te la dedico, para que nunca me olvides.

—No he olvidado que me dedicaste en mis quince años "Waiting for a girl like you". Lindo recuerdo y "La cosa más bella", de Eros.

—Como tú, Romina, como tú, eso eres para mí. No me veo jamás al lado de alguien más. Llegaste a mi vida y pintaste de colores mi mundo y mis sueños, por eso en todos mis planes estás tú. Todo lo que quiero, todo lo que vivo, todo, eres tú. A veces se me complican las cosas y pienso que Dios me tiene a prueba, pero sé que pasará. No hay tormenta que dure toda la vida, tiene sus ciclos. Como ya te lo expliqué y está en la historia bíblica, 7 vacas gordas y 7 vacas flacas, que significan 7 años de abundancia y 7 años de penurias y la moraleja es aprovisionarse en la abundancia para los días difíciles.

Sé que contigo seré muy feliz.

—Sí, Ricardo y las dos canciones las tengo guardadas en mis favoritas, las escucho cada vez que te pienso. Me siento atraída por ti y poco a poco lo estoy sufriendo más, cada día más. Tanto así que tanta dicha se convierte en dolor cuando lo pienso y sé que parece imposible.

—Sí, lo sé, lo sééé… y aún no me has dedicado ninguna canción a mí.

—En su momento buscaré la apropiada. Oye ¿y si es niño, cómo se llamará?

—Ve pensando, ese te lo dejo a ti.

—Bueno, pero falta mucho para eso. Tendría que pasar un milagro... ¿te parece bien si le pongo Rudy?

—Sí ¿por qué no? Me encantaría tener un hijo llamado Rudy Alejandro o Ricardo Enrique. Nombres de reyes y conquistadores, como Alejandro Magno.

—Es que así se llama el abuelo de Andrea y yo lo aprecio mucho ¿No te molesta?

—No, claro que no, Andrea es nuestro hermano.

—Vamos a la playa, creo que Andrea no es muy feliz en estos pastizales.

—Bien, llevaré un chofer para poder tomarnos unos "Peinados pa' atrás", gesto al tomarse una copita de un trago, como al tequila, de un golpe y sin pensarlo y si tienes cabello con copete, es como la acción más elocuente de peinarlo hacia atrás. Papá, vamos a las playas del Coco, hablamos por la noche.

Después de recorrer la playa y jugar fútbol con los chicos del lugar, juego en el que se divirtieron repartiendo leña al italiano y no pude defenderlo. Andrea, quien alardeaba de buen jugador y mostrando excelentes cualidades aduciendo: «Miren a Del Piero y aprendan» y ahí le aparecían los taladores volando hacha, pero Andrea escupía la arena, sonreía y continuaba. Nos refrescamos con unas cervezas y unos ceviches de pescado fresco. Tuvimos un atardecer de maravilla, de vez en cuando escuchaba algunos suspiros y debíamos regresar a la casona de la hacienda a recoger a Don Beto para luego ir a dormir a un hotel en la Ciudad Blanca, Liberia. Eso sí, sudamos a cada paso que dábamos; era como estar metidos en un sauna, pero nos aguantamos, ya que Ricardo nos llevó a un restaurante a escuchar música local de marimba, instrumento musical típico en la región. Me aprendí el "Huipi pía" y el "Uyuyuy bajura" y Ricardo, que es muy lanzado, se mandó con una... luego la escribí para no olvidarla. Se la traduje y se la explicamos a Romina y le encantó:

"Un tico que es Pura vida
Amigo de tres Italianos...
Romina es la consentida
Y se quieren como hermanos...
Uyuyuy bajura..."

De a poco uno se va volviendo un "Mae Pura Vida" y me brotan lágrimas cada vez que recuerdo ese momento. Ricardo conversaba con su padre, ya que Don Beto insistía en vender la finca de Guanacaste y Ricardo prefería pedir un préstamo al banco para comprar en los alrededores de la finca en San Carlos.

De regreso a la finca Romina y Ricardo fueron a la Cabaña de los Bobos. Sentados en el portal, Ricardo me hizo señales de acercarme y luego llegó Andrea. Ricardo encendió la chimenea y nos dijo que estaríamos hasta tarde ahí, en el fogón puso una cafetera con agua y raspadura de dulce de caña. Llevó leche y unas tortillas con queso tierno. Pensamos que eso sería suficiente para compartir una tarde hermosa los cuatro, sin embargo fue llegando más familia. Se acercó Don Beto, Doña Nena, los hermanos y Amelia. Ricardo presentó a sus amigos a Amelia y Andrea se apresuró a conversar con ella. Para Ricardo era un poco incómodo el momento y no sabía cómo actuar, pero Andrea se encargó aduciendo que Ricardo era el traductor y que esa tarde querían cazar algunos carbunclos y tomar fotografías. Amelia, que es una chica muy educada, escuchaba las historias y chistes que contaban. Andrea se presentó como el prometido de Romina y le dijo que ella era muy hermosa y que la podía cambiar, a modo de broma. ¿Por qué lo hizo? para que las cosas siguieran su cauce natural. En cuanto se retiraron los padres, hermanos y Amelia, Jorge se ofreció a acompañar a Amelia hasta su casa, que se encontraba al cruzar el río, el cual había que cruzar a caballo. De hecho, Amelia tiene también su propia yegua alazán de patas blancas y crin larga llamada Lucerito, porque tiene una estrella en la frente. «¡Elegante pareja!» les gritó Ricardo al despedirse. «En verdad que Amelia es una chica hermosa» dijo Romina. Al entrar la noche Ricardo tomó un tizón y empezó a moverlo de lado a lado hasta que empezaron a llegar los carbúnculos atraídos por la luz. Estos son unos escarabajos que tienen una luz luminiscente en forma de círculo sobre los ojos y pareciera que sus ojos alumbraran, luego los liberó. Romina permaneció muy callada, de hecho, Ricardo le comentó a Romina su historia con Amelia. Una historia semejante a la de sus amigos Romina y Andrea, pero también le dijo que nunca ha habido nada entre ellos más que amistad; aunque también se gustaban, pero todo cambió desde el día que se conocieron y que no tenía intenciones de lastimarla, porque es una buena chica. Había una sonrisa y un brillo extra en los ojos celestes de Romina. Ese año creí que sería nuestro último viaje a Costa Rica, ya que Ricardo decidió regresar al Caribe.

INCREMENTO DE TIERRAS

Noviembre de 2018

Para finales de año 2018 ya se habían comprado las tierras aledañas que Don Beto quería. En conjunto con Ricardo solicitaron un préstamo al banco e hipotecaron la finca y la casa, no así la finca de Guanacaste. De esta forma incrementaba el tamaño de las tierras que rodeaban el bosque los Bobos, para evitar el ingreso a este pequeño santuario que Ricardo adoraba más que a su propia vida, para que nunca desapareciera. De esta forma los ingresos mensuales de Ricardo eran depositados para el pago del préstamo y las cosas caminaban muy bien, se compraron más vaquillas y cultivaron gran parte de las áreas con árboles maderables de crecimiento rápido y cultivo sostenible. Todo esto, en proyecto, tardaría algunos años en producir ganancias, por ahora sólo sería una inversión.

Nosotros, de regreso a Italia, intentamos mantener la comunicación y en las charlas siempre se bromeaba y eran muy comunes las reminiscencias por las aventuras. A mí me escribía, saludándome y preguntando como estaba. Igualmente lo hacía con su amigo Andrea. Hablaban de negocios, proyectos y de sus viajes. Ellos hablaban de todo menos de Romina, estaba como vedado el tema sin saber a ciencia cierta si lo habrían planeado, si habría algún acuerdo mutuo, o simplemente sólo hablaban de cosas de ellos dos. Con Romina era incansable el tema de amor en sus conversaciones.

DE LOS MENSAJES DE RICARDO

—Te extraño tanto.

—Sí, lo sé, lo sééé... Yo también te extraño mucho, eres lo más lindo que me ha pasado en la vida. Le doy gracias a Dios por ponerte en mi camino.

—Yo desde que te conocí y te vi con ese gorro y tu uniforme de cocinero, me encantó. Deseaba que te fijaras en mí, te pedí para mí. ¿Sabes? no ha sido fácil porque las familias de Andrea y la mía aún planean unirnos, pero yo sé, que mi corazón te pertenece.

—Haré todo lo posible para tenerte conmigo. Pronto estaremos juntos, te compraré una casita y tendremos hijos. Ya te pedí que mi niña se llame Gwyneth Karina y sé que tú y ella me volverán loco, loco de amor por las dos. Pondremos nuestro propio restaurante. ¿Sabes? estoy planeando nuestra luna de miel. He investigado el lugar de esas escenas favoritas de tus novelas turcas, en un hotel de montaña cubierto de blanco donde nuestro amor derretirá la nieve mientras hacemos angelitos en ella y me enseñarás a esquiar aún mejor. Aprenderé, como espero que tú aprendas, a bucear, para cuando te traiga conmigo a la Isla del Coco. Planeo muchas sorpresas para ti el día de nuestra boda, quiero darte los mejores recuerdos de nuestra vida. En el pensamiento de cada día miro y repito todo lo que deseo junto a ti, mis sueños los haré realidad. Quiero vivir al máximo a tu lado y amarte como nadie lo haría jamás. Si tengo que robarte lo haré, pero es contigo con quien quiero pasar el resto de mi vida.

—Qué lindo, mi amor, haremos angelitos. Estoy tan enamorada de ti que te amo con la vida, te amo con el alma; te mandaré unas fotitos para que veas todos los días estos ojos que te aman y te extrañan, así como extraño tus caricias, tus besos cálidos y dulces, tu respiración acelerada cuando me abrazas y tu piel suave que acaricia mi cara. Me encantas Ricardo, no puedo vivir sin ti.

—Sí, lo sé, lo sééé... también te amo con locura. Seguiré mis planes, todos mis planes son contigo. Cuídate mucho, cuídate para mí.

—Sabes que nuestras familias piensan que Andrea y yo seguimos juntos y no deben sospechar nada, se nos complicaría la vida a todos. Yo seguiré estudiando y pensando en ti y si no vienes yo voy a verte, me haces mucha falta.

—Debemos tener paciencia. Ya veremos cómo solucionamos la situación familiar y que no me maten.

—Y a mí, seguro me desheredan, pero no me importara si me aseguro de que pasaré el resto de mi vida contigo, aquí o en donde estés. Besitos, amor.

—Besitos, mi ojos de cielo.

Los días transcurrían y estas conversaciones no variaban mucho, Alguno que otro tema nuevo, pero las cursilerías y el romanticismo de una pareja joven y enamorada, sería el mismo estribillo como en todas las novelas. Pero la vida es eso, cada historia es una novela, trágica, romántica o sin nada especial, pero historia al fin y al cabo. En el mundo muchos secretos de historias hermosas e historias trágicas se quedan sin contar, aunque no varían mucho de las que ya se han escrito.

CAÍDA DE LA ECONOMÍA FAMILIAR

Febrero de 2019

—Amor, La situación está complicada, hace varios meses que estoy buscando trabajo. Se me ha complicado y he gastado mis ahorros para los pagos del préstamo del banco. No puedo fallar y he estado ayudando a la familia. Estoy un poco estresado estos días porque veo pasar el tiempo y no avanzo en lo nuestro, quisiera tenerte conmigo pero aún no tengo mucho que ofrecerte.

—No te desanimes, sigue luchando por nuestro amor, sigue, que yo estoy contigo. Quisiera ir y trabajar a tu lado y juntos poder lograr lo que planeamos. Sólo deseo amanecer a tu lado con tu brazo de almohada, con tus besos y tus caricias.

—Mi ojitos color de cielo, es lo que más deseo en mi vida. Pronto encontraré un nuevo empleo, sabes cuánto te amo y te agradezco por estar conmigo, por darme fuerza y apoyo cuando más lo necesito. Por eso te amo con locura, eres mi energía, mi fuerza, mi razón de vivir, mi todo. No podría vivir sin ti.

—Sabes que a tu lado puedo vivir en la cabaña, si tú quisieras.

—Qué locuras dices. Mi Reina se merece un castillo, siento que ahora Dios nos tiene a prueba. Lucharé por ti hasta el último respiro de mi vida.

—Sabes que te amo con el alma. Eres muy fuerte y saldremos adelante. Estamos planeando ir este año, ya tengo licencia de aguas abiertas uno, para ir a bucear contigo. Este 2019 cumpliré diecinueve.

—¿En serio? Wow, qué alegría.

—Bueno, Andrea también la tiene, sabes que no puedo ir sola y Lucciano ha querido aprender a bucear, pero les tiene pánico a los tiburones; ya sabes, vemos muchos videos de la Isla del Coco y parece que ahí viven todos los tiburones del mundo. Nos ha pedido que nosotros tomemos fotos y videos para él, aunque creo que sí nos acompañará.

—Sí, será un viaje maravilloso.

—Te cuento que mi madre sospecha algo y he tenido algunas conversaciones desagradables con ella, aunque al final le digo que somos sólo amigos y que no se preocupe, pero como Andrea se ha alejado mucho, ahora están planeando acelerar la boda. Ya no sé qué hacer. ¿Cómo vamos a salir de esto juntos? Cuando se enteren será una guerra y sufriremos mucho de todas maneras.

—Yo estoy seguro de que todo saldrá bien, sé que va a ser muy difícil porque yo no puedo ofrecerte lo que mereces; no estoy a la altura de sus familias, pero me muero por estar contigo.

—Sólo te lo cuento porque mi vida no ha sido fácil contigo en mi corazón y las decisiones familiares, además de la distancia. A veces tengo celos, tú estás allá y tienes también a alguien que te ama, quizá inocentemente. Sí, Amelia, que no sabe de lo nuestro. Sé que es una hermosa chica y que podrías irte con ella y yo me muero al pensarlo.

—Eso no pasará. Claro que tampoco le he dicho de lo nuestro y no he querido hacerlo para no romperle el corazón. Romina, sabes que Amelia y yo somos amigos, le gusto y ella piensa que estás con Andrea, pero iré alejándome de ella poco a poco para no lastimarla. Sí, es mi culpa que ella tenga ilusiones conmigo porque así pasó en nuestra infancia, como sucedió contigo y con Andrea, una amistad que creció; en realidad es una hermosa chica y deseo que ella sea muy feliz. Nunca hemos sido más que amigos y nunca la lastimaré.

—Eres una persona adorable, de buen corazón, por eso te amo tanto y aunque me den celos sé que eres mío, sólo mío. Y cuánto te amo te lo digo siempre.

—Sí, lo sé, lo sééé...

—¿Por qué no vienes a trabajar aquí? tienes el restaurante y la planta de embutidos. Andrea te puede dar trabajo y yo sería muy feliz de tenerte cerca.

—Sí, me encantaría. Hablaré con Andrea, pero que sea después de que vengan este año ¿te parece bien?

—Sí, tengo gorrioncitis de ti. Te extraño tanto que ya no quiero vivir sin ti.

—Já, já, já... sí, lo sé, lo sééé... yo tampoco puedo vivir sin mí.

—Qué chistoso... es en serio.

—Amor, tampoco sé vivir sin ti, me moriría si no estás conmigo para siempre. Tú eres la madre de mi Gwyneth Karina. Ah, por cierto, soñé con mi niña.

—¿En serio? ¿Y cómo es?

—Es... es tan hermosa como lo pensé, se parece a ti. Ojos azules y brillantes, con un universo de estrellas en su mirada, su cabello es una cascada de rayos de sol como los de su madre, su piel de terciopelo como esculpida en mantequilla, su carita de ángel como tú, con la sonrisa pícara... mmmm... quizás esa sí sea como yo. Hermosa, muy hermosa. Ya quiero jugar con ella, llevarla de la mano, contarle cuentos al dormir, escucharla llamarme papá, soltarla en la playa. Sí, en la playa blanca donde hicimos nuestro corazón con la fecha e iniciales, ahí donde nos juramos amor eterno, donde prometiste que estarías conmigo hasta el fin del fin. Soltarla, verla jugar con el mar, mientras la cuido de cerca. Que duerma en mi pecho y tantas cosas que hace un padre loco por los hijos que ama, por el fruto de la mujer que lo volvió loco.

—Te prometo que te amaremos mucho. Así como lo sueñas.

—Sí, lo sé, lo sééé….

—Por cierto, siempre dices: "Sí, lo sé, lo sééé…" ¿por qué?

—Es algo así como un estribillo y me gusta porque es muy positivo, o más bien afirmativo, de asegurar que estoy convencido. Y creo que alguna vez me lo dijo mi hermanita Lucía y de repetirlo se me grabó. Si a ti no te agrada, aprenderé a eliminarlo de mi lenguaje.

—No, no, sólo tenía curiosidad, pero ahora me encanta. Siempre que estés seguro dímelo, sabré que estás de acuerdo conmigo. Siempre dímelo.

—¿Me escribirás más tarde?

—Siempre. Cuando reviso el teléfono, espero ver algún mensaje tuyo y si suena, corro contigo en mi pensamiento y me entristece cuando veo que no eres tú.

—Mi loquilla. Te prometo escribirte más seguido. Te amo, besitos.

Los días transcurren y la situación económica no mejora. Por lo que la familia de Ricardo se reúne para tomar decisiones en conjunto. Entre los planes está vender la finca El Guanacaste y algún ganado para pagar la deuda del banco. Aun así, los planes siguen: soportar un tiempo con los ahorros y tomar las medidas necesarias en el momento crítico. Los hermanos de Ricardo tienen sus ahorros también, por lo que en familia continuarán sorteando el mal tiempo y Ricardo les comenta que planea regresar a Italia con sus amigos, después regresaría con ellos a principios del 2020 a terminar el viaje planeado a Costa Rica. Advierte que volvería con ellos con la firme idea de establecerse en Europa luego de su visita. La familia está de acuerdo, ya que son ingresos seguros que ayudarían mucho, así que Ricardo llama a Andrea y éste feliz le espera para que se haga cargo de la planta y el restaurante y así alivianarle el peso de trabajo que lo agobia. Ricardo regresa y Andrea emprende sus viajes. Romina se encuentra bastante tranquila y un poco reservada.

EL ANUNCIO

16 de Noviembre de 2019

DEL DIARIO DELNARRADOR LUCCIANO

Ya en el Valle D' Aosta se hablaba de la boda de Romina y Andrea, ya se estaban haciendo planes para la ceremonia. Durante este periodo se veía en Romina un aire de preocupación y un dejo de tristeza. Mi corazón también lo estaba. Después del matrimonio ya la amistad no sería igual. Andrea, inmune al entorno, permitía que todo se planeara tal cual las familias lo habían organizado y continuaba inmerso en los negocios. La amistad de Andrea y Ricardo era de hermanos, habían convivido juntos durante estos casi cuatro años, parecía cuidarle y amarle tanto como Ricardo también lo hacía con él. Yo era el cuarto en el grupo, el amigo que acompaña, pero siempre llevando mi cámara y mis notas; escribir es mi trabajo para el periódico, pero jamás imaginé recoger las hojas de un libro perdido y que dependiera de mí reunirlas y entender lo que pasó en esos años.

Antes de la boda, Andrea informa a todos que debe hacer un viaje por Asia y estar en diferentes ciudades y así crecer con más negocios, porque en las proyecciones ya estaba planeado y presupuestada esta gira y entonces se dedicaría a su esposa y empresas. En buena teoría según los planes de la familia, la boda podría llevarse a cabo en Abril de 2020. Andrea Informa que dejaría en Ricardo la responsabilidad de administrar la planta y el restaurante, que él se dedicaría a comercializar las empresas y atender a su esposa. Además, ya era hora de conseguirle una novia a Ricardo, que se casara aquí y se quedara en Italia.

Los planes continuaron y los viajes de Andrea también. En Noviembre se hizo una celebración en el restaurante para celebrar los veinte años de Romina. Andrea se encontraba en los Estados Unidos y llamó para disculparse por estar ausente y para ilusionar a Romina le dijo que al llegar harían maletas para ir a bucear a Costa Rica. La cara de Romina fue diferente, aceptó el regalo y lo hizo sonriendo, mientras su madre Valentina la miraba con cara de desaprobación. El pastel llegó, brindamos y Romina pidió su deseo, lo pidió casi con lágrimas en sus ojos y casi lo grita al público. «¿Qué deseo pediste?» le pregunté. «Bobo, ¿te lo puedes imaginar?», me respondió. «Sí» le contesté.

De pronto el señor Adriano Benedetto se pone de pie, hace un brindis por su hija, la cumpleañera y anuncia lo esperado por todos:

—Para nosotros y nuestras familias es un honor enorme anunciar el ligamen de ambas familias a través del matrimonio de nuestros hijos Andrea Vicenzo y Romina Benedetto. La fecha establecida queda programada para Abril de 2020, falta definir el día y lo fijaremos cuando regrese Andrea, así que nos quedan cuatro meses para planear la boda del año en todo el valle.

Aplausos para los novios.

—Romina enjugó alguna lágrima que aparentaba ser de emoción por la noticia. A Ricardo lo atravesó una lanza por el centro del corazón y se retiró unos segundos a la cocina donde disimuladamente dijo que por el humo y la cebolla se le irritaban los ojos, los cuales sumergió en agua fría para calmar lo que le irritaba la mirada; pero una ráfaga de fuego le quemaba las entrañas, por lo que pidió a sus colaboradores permiso para retirarse a su habitación.

Ahí iba un fantasma. Lo que fue un hombre fuerte, aguerrido y valiente como el más bravío de sus toretes del Guanacaste. Ahí iba un soldado sin alma, ¿a dónde iría en ese momento? Romina se dio por enterada de que Ricardo había salido, por lo que apresuró la mirada hacia mí.

Yo encogí los hombros pero entendí lo que Romina me pedía. Leí en sus ojos ese lenguaje sin palabras. Salí a buscarle para asegurarme de que estaría bien, apoyarlo en ese momento, e iba pensando qué decirle a mi amigo destrozado.

Sabía que iría a la colina y ahí lo encontré, abrazado al viejo olivo que tenía un corazón con las iniciales R y A (Romina y Andrea). Lloraba como un niño. Yo esperé, él sabía que yo estaba allí; estuve hasta que se secó el manantial de su alma. Fue entonces cuando le ayudé a levantarse, lo senté al lado del viejo olivo y le dije:

—Sabes que es sólo un plan familiar, sabes que Romina te ama y aún no ha pasado lo que debe pasar. Sabes que Andrea no quiere esta boda. Yo también pedí un deseo, el mismo deseo que pidió Romina y estoy seguro de que es tu mismo deseo... un milagro.

Ricardo seco sus últimas lágrimas y dejó escapar una leve sonrisa.

—¿Qué clase de amigo eres, que calmas una tempestad con tan pocas palabras?

—La clase de amigo que tú has querido que yo sea en tu vida, en la de Andrea y en la de Romina. No olvides que somos cuatro amigos, que hemos compartido nuestras aventuras, que han sido casi cinco años maravillosos y aún no sabemos el final; pero si de algo estoy seguro es de que hay amor en los cuatro, diferentes amores. Y ahora debes ser fuerte porque se avecinan tiempos difíciles y los vamos a enfrentar juntos. Presiento que será Andrea quien ponga fin a esta situación.

—Gracias, mi amigo, cuánta paz me has dado. Ve y dile a Romina que estoy bien, que pase un feliz día con su familia y que quiero que ella esté feliz y le deseo un feliz cumpleaños. Para el próximo, el veintiún aniversario, estaremos juntos y lo celebraremos en Hawaii o en la cúspide del Everest.

—Así lo haré. Vamos, regresemos.

Ricardo recibió un mensaje de Romina.

—Sé que se te partió el corazón, el mío también. Creo que Lucciano entendió y salió a buscarte. No quiero que sufras, dame tiempo. Lo sabes, no es algo que podamos manejar ahora.

—Gracias, mi amor. Estoy bien gracias a nuestro amigo Lucciano, él sabe cómo hacerme sentir bien. Te deseo un feliz cumpleaños. Te debo el regalo, el beso y el abrazo.

—Gracias, amor, dámelos en Costa Rica. Ya veía venir este momento y lo sabíamos. Ahora toca esperar a que regrese Andrea.

—Yo estoy esperando un milagro, mis pensamientos siempre han estado contigo. Recién llegamos de una experiencia en mi paraíso junto a ti y sentir esta incertidumbre me tiene un poquito estresado. Con fe y confianza, pero no deja de preocuparme. Hace algún tiempo pensé en un momento así, cómo lo manejaría y ahora que empiezo a sentir ese dolor extraño que me oprime el pecho y me puya el alma, siento deseos de hablar con tus padres y explicarles todo. Lo peor es que no me saco el sueño de la cabeza.

—No, ni se te ocurra hablar con mis padres, ya veremos qué hacer como lo prometimos, no podemos hacerle esto a Andrea. Esperemos a que él regrese y lo conversamos juntos. Hasta podría ser el último día de nuestro viaje a tu país.

—Está bien, pero me mata esta sensación de impotencia.

—Nuestro viaje fue maravilloso ¿podrías mejorarlo? Aún lo siento y lo respiro. Gracias, amor. Todo va a estar bien, ya lo verás.

—Haré lo que pueda para superar tus expectativas.

VIAJE A LA ISLA DEL TESORO

Enero de 2020

Como habíamos planeado, viajamos juntos los cuatro en el verano para completar el faltante del recorrido que iniciamos la primera vez. A la llegada a la finca no podía faltar la bienvenida con fiesta. Revisamos el itinerario en conjunto y al día siguiente salimos tempranito. En esta ocasión rentamos un vehículo cuatro por cuatro más confortable e iniciamos la ruta hacia Limón, la costa Atlántica hasta el río Sixaola, frontera con Panamá. Nos dimos el gusto de pasar la frontera sin ninguna restricción, nunca imaginé en el mundo una frontera igual; un policía en una casetilla a cada lado del puente, que más parecía un miembro de la familia de Ricardo que una estación de control de fronteras y nos tomamos unas cervezas y algunas fotos. La gente va y viene como si fueran un sólo pueblo. Del lado Tico (gentilicio costarricense) en Puerto Viejo, disfrutamos de buena comida caribeña, rice and beans con pescado Rundown (es un arroz y frijoles con pescado guisado, ambos con coco y ají picante). Eso invitaba a tomar más cerveza. Su gente alegre y cálida de bailes africanos y cabello rasta, nunca faltaron los temas de Bob Marley y algunos calipsos de ritmo que invitan a gozar de la vida y al baile. La que no paró de bailar fue Romina, todos los del lugar querían bailar con la princesa y siempre estuvimos pendientes de ella. Para el recorrido de regreso, Ricardo nos llevó por una vieja vía hacia Turrialba y Cartago. Nos detuvimos para ver los nidos de Chachalacas, esto no se ve más que en el trópico y en zonas especiales para su nidada. Son unas aves que hacen sus nidos en lo alto, colgando de las ramas como adornos de arbolito de navidad y de medio a un metro de largo en forma de gota de agua, con su entrada en la parte inferior. Muchos nidos a lo largo de tres a cinco kilómetros, como si construyeran su propio pueblo. La carretera era sinuosa y de mucha vegetación y paisajes hermosos.

Parada obligatoria: el jardín de las orquídeas Lankester. Eso sí era como entrar en otra dimensión, Inimaginable la variedad de estas plantas y sus diversos colores, estilos y aromas, algo maravilloso. Muchas fotos le tomé a Romina, que fue una modelo para cada especie.

De paso por la capital nos vimos involucrados en medio de una multitud de seguidores de sus equipos de futbol, había clásico. Pensé que jugaban la Fiorentina y el AC Milán. Gente con sus uniformes lilas y rojinegros. Continuamos hacia el volcán Arenal en Alajuela para tomar otro refrescante masaje de aguas termales. No queríamos salir del agua, pero el tiempo se acaba y debíamos regresar a la finca. Planearíamos un sólo viaje de 12 días a la isla del tesoro. Sí, la Isla del Coco, situada a 36 horas náuticas de la costa pacífica, saliendo del puerto de Puntarenas. Casi dos días de ida y lo mismo de regreso, por lo que estaríamos 8 días a la mitad del océano. Ricardo se preparó con algunas medidas para el mareo, porque la embarcación especial para buceo era pequeña y el viaje con sus movimientos se haría agotador, en especial para Andrea. Romina y Andrea habían tomado el curso de aguas abiertas para el viaje o expedición a esta famosa isla cargada de vida, cuentos de piratas y muchos tiburones. Yo cargaba mi snorkel para estar solamente en la orilla. Al llegar, Ricardo negoció con los guardaparques, la isla es un santuario, patrimonio de la humanidad. Descansamos y dormimos la primera noche en la casa de los guardaparques en tierra, para que Andrea se adaptara al viaje. Al siguiente día, después de un suave desayuno, recorrimos el litoral de la isla observando su majestuosidad de vegetación y cientos de cataratas, como si fuese un volcán que emana agua por todos sus costados. Nos acompañó un guía y nos informó que se podía cazar un venado o un jabalí y asarlo, pues había permiso ya que hay sobrepoblación y éstos, al escarbar cerca de los riachuelos, dañan el coral de la isla. Así es que aseguramos un asado en la inmensidad del Pacífico, desde donde miramos el firmamento con la cantidad de estrellas jamás vistas. Nuestra primera excursión fue a una de las cataratas y a nadar en aguas cristalinas, sintiendo siempre la mirada de los piratas del pasado cuidando sus tesoros enterrados. Se puede sentir y percibir que algo mágico sucede allí. Miré unos pequeños peces endémicos que salen del agua y suben por las paredes de la cascada de Río Genio con sus agallas como brazos, ver para creer. Y con mi snorkel practicar el nado y mirar miles de langostinos o camarones de la región.

Acto siguiente, el primer viaje de inmersión a Isla Nuez (Manuelita) en la parte baja. Ahí me aseguraron que no hay tiburones pero puede verse una diversidad de peces y vida marina, así como puedes ver alguna mantarraya pasearse por el canal, entre la isla principal y la Isla Nuez. Por el frente, hay una bóveda de entrada como a un garaje, donde el agua siempre es cristalina.

Ellos, con el guía de buceo, se perdieron de vista al entrar al agua y yo arriba en el bote miraba sus siluetas y las burbujas de los tanques de oxígeno. El guía llevaba la cámara de filmar especial para inmersión para poder observarlo en el bote. Me emocionaba pero no me animé a ingresar al agua por miedo a los tiburones, ya que había observado algunas filmaciones y desde la montaña Vikingo (Isla Cáscara) se miraban en el fondo posados en la arena, como mirar un gran aeropuerto desde un dron y yo no quiero correr el riesgo de que les guste la carne italiana. Recorrieron diferentes puntos de buceo y del que más se habló fue de la Montaña Sumergida. De hecho yo me quedé en el bote y me arriesgué mientras ellos se sumergían; tomé el snorkel y miré la cúspide de la montaña a escasos dos o tres metros desde mi línea de flotación. Desde la cumbre tapada siempre por el manto del agua, bajarían algunos metros y en ella hay una cueva de lado a lado como un túnel y al filmarlo con focos especiales bajo el agua aparece un cuadro mágico de colores, todos los colores de la paleta de Miguel Ángel. Al salir, las historias que cuentan mientras observamos las imágenes y el gozo en las mejillas de los buceadores es indescriptible. Nos detuvimos en una de estas imágenes, una parejita de caballitos de mar balanceándose al compás de las corrientes del agua mientras muchos pececitos de colores, como el Pargo seda de rojo intenso o el arco iris, el pez Ángel, peces Flautas variados y el verde pez Loro, se detienen a mirar a los intrusos; de pronto un pequeño tiburón Martillo se acerca como si fuésemos de la misma especie. Ricardo, ya acostumbrado, lo toma de la cola y éste huye rápidamente. Aquí naturaleza y humanos son un sólo universo, cuidando el respeto por el instinto alimentario. Algunas langostas brincan hacia atrás pero no es difícil tomarlas. Alguna Morena o Anguila muestra su cabeza y sus afilados dientes, pero no salen de su refugio. Pusimos especial atención en los caballitos, de los que en la sección de editar videos y fotos se nos explica lo increíble de la naturaleza, en la que el macho es el que se embaraza y es la única especia en la Tierra en que se da este fenómeno. La envidia de toda mujer. Romina no deja escapar la oportunidad de hacer un chiste y les dice: «Los voy a embarazar a los dos» y todos reímos. En el video, alardeando de su buena práctica, Ricardo se volteó boca arriba y nadó hacia la salida del otro lado de la montaña, dejando las burbujas de dióxido de carbono en el techo del túnel. Andrea y Romina iban despacio, a ratos de la mano, con el foco apuntando y grabando ese mágico momento. A la salida del túnel Ricardo toma a Romina y suspendidos en la nada de agua salada bailan, sí, bailan una especie de salsa o merengue como ya lo habían hecho en la República Dominicana; eso sí, la diferencia es que en esta ocasión su público no aplaudió, era un público de escuelos que pasaban alrededor mirándolos fijamente. El guía en la sala sonríe con esta grabación y a todos nos hizo gracia la ocurrencia. Mientras tomábamos un refrigerio, el capitán del barco nos comenta que una inmersión de noche es algo mágico y único en experiencia, por lo que Ricardo le propuso a Andrea y Romina hacer un viaje nocturno antes del regreso. Al día siguiente se hizo un recorrido a la cumbre de la isla para observar la inmensidad del lugar y tomar fotos y al regresar nos preparábamos para las inmersiones del día siguiente. Suerte o destino, Andrea se sentía cansado y resfriado, por lo que pidió quedarse en la playa mientras fueran al buceo nocturno. Ricardo y Romina se pusieron sus trajes "wet suits", probaron sus mascarillas, sus tanques de buceo y llevaron sus patas de rana medianas, las de forma de pata de pato. El guía me insinuó que no los acompañara, por lo que con ciertos celos me quedé. ¿Qué podía pasar? Ya de regreso nos despedimos de los guardaparques y le dimos una vuelta a la isla para retornar a la finca cargados de una experiencia maravillosa y escucharlos. No pararon de hablar de lo vivido, era único. Romina traía una sonrisa que no se podía apreciar a simple vista, era un gozo que guardaba en su diario que a ratos escribía. La última noche, tras el regreso de la inmersión nocturna, subimos al techo de la embarcación y tomamos algunas cervezas mientras contemplábamos sin interrupción la inmensidad del universo. Una o dos estrellas fugaces, siempre las hay, a diario y se dejan ver por la noche, pero hay que estar en un lugar paradisiaco sin nada que interrumpa poder apreciarlas. Romina exclamó: «¡Pidan un deseo!». Nos miramos y reímos juntos, sabíamos qué pedir cada uno. Yo decidí ir antes a mi camarote, ya Andrea estaba profundamente dormido y yo no tardaría en caer rendido en brazos de Morfeo, pero observé a través de la ventanilla redonda del barco, movimiento en el agua; un bote iba hacia la playa con dos personas a bordo y sin hacer ruido. «Já, já, ojalá que los tiburones duerman de noche» pensé, y lo que Romina escribiría en su diario nadie lo sabría. Sólo ella y algún día su narrador.

UN VIAJE INIGUALABLE

Isla del Coco, Costa Rica. 5 de Enero de 2020

DEL DIARIO DE ROMINA

La que creí sería mi noche mágica hoy, no lo fue tanto. Imaginé más de lo que viviría, creí hacer realidad mis fantasías y estoy un poco decepcionada. Después de la inmersión de la tarde a la Montaña Sumergida que me dejó fascinada en la primera inmersión, en esa caverna que atraviesa la montaña de lado a lado y que es el refugio de vida marina más espectacular, o mejor dicho, el paraíso marino del Universo. Sí, el paraíso submarino existe, es ahí, con la paz más increíble jamás experimentada y el colorido único. Ricardo quiso tomar una langosta para mí pero no se lo permití, la hubiese comido en el restaurante, pero ahí no se la acepté. Al ver y editar los videos y hablar de la inmersión nocturna de Isla Nuez, mi corazón palpitó e imaginé un encuentro mágico con Ricardo, sabía que Andrea no iría pues estaba resfriado y cansado, además había empezado a tomar cervezas y sabía que no se puede bucear si has tomado alcohol, ya que su efecto se triplica. Entonces iríamos, Lucciano, Ricardo y yo. Lucciano no haría la inmersión por lo que se quedaría en la lancha, pero a la hora de salir, Lucciano decidió quedarse en el barco y Ricardo llevaría la balsa hasta el lugar. De hecho sentí que se me salía el corazón del pecho, palpitaba muy acelerado y mi imaginación volaba. Al salir del bote llevaba toda la indumentaria de buceo, mi "Wet Suit". Al llegar al punto donde Ricardo dejó caer el ancla, pues nadie estaría en la balsa, éramos, él, yo y la inmensidad del Océano Pacífico, bajo un firmamento lleno de estrellas y la luz de la Luna. Un momento único y yo decidida, tomé ventaja y me quité el traje de buceo, llevaba mi bikini de playa y así me puse el equipo, mientras Ricardo sólo me miraba asombrado y acto seguido hizo lo mismo y quedó en pantaloncillo corto y se puso su traje. Nos zambullimos cada uno con un foco de buceo y nos dirigimos a la parte donde hay bancos de arena rodeando el área de coral. A esa hora los peces están en un estado que pareciera dormidos, pero las anguilas asomaban sus cabezas alertadas por la luz artificial, langostas y camarones corrían en reversa, alguna mantarraya (Spot Grey) se levantaba de la arena, tiburones Martillo y Punta Blanca bebés que se protegen en aguas poco profundas. En esta ocasión quería portarme mal e iba adelante, sabiendo que por donde yo fuera mi perseguidor vendría detrás con su lámpara fija en mí y no había otra opción, pues no se puede perder de rumbo y estar siempre juntos. Me dirigí hacia la pared de la isla como guía y protección y después de hacer un circuito busqué los bancos de arena y de manera suave, apoyándome sobre la cubierta del foco y con el palpitar del corazón acelerado, esperaba la sorpresa de sentir sus manos tomarme de la cintura. La corriente estaba suave y mis rodillas tocaban la arena, veía cómo se acercaba la luz que traía Ricardo y yo sabía que él entendería mi intención. Me sentí morir cuando me tomó suavemente... cuánto había esperado ese momento, estaba preparada para algo mágico. Me acarició y me hizo una seña de subir. Quedé tan decepcionada que al llegar a la balsa no dijimos palabra y así llegamos al barco ya con los trajes puestos, para que nadie sospechara. Andrea ya se había retirado a su camarote por el mareo, el sol y la cerveza y no despertaría hasta el día siguiente. Lucciano hacía lectura y Ricardo me tomó de la mano y subimos al techo del bote. Allí era como un faro espectacular para mirar el firmamento; había unas lonas y él se sentó y me acercó suavemente a su pecho. Sentados sin decir palabra me abrazó y nos fuimos acurrucando y me sentí un poco más tranquila, pero no me aguanté, lo miré de frente y le reclamé:—¿No te gusto? ¿eh, eh? ese era mi momento mágico y lo estropeaste.

Quería insultarlo y abofetearlo pero él me miraba y sonreía.

—¿Qué es tan gracioso para ti? —le reclamé. Sentí deseos de llorar, no sé si de rabia, de vergüenza, de miedo o del inmenso amor que le tengo.

Ricardo tiernamente me respondió:

—Mi mayor deseo era poseerte ahí mismo, aún estaría ahí de no ser por mi instinto y mi educación bien recibida para certificarme como guía de buceo —dudó y prosiguió —: Sí, algo me hizo dudar y ahora me obligas a preguntarte... es que no estoy seguro. No te he preguntado algo que pensé en ese momento, es difícil hacer este cuestionamiento, pero creo que te conozco bien y tengo alguna duda. Dime... ¿has estado con alguien anteriormente? ya sabes, íntimamente, me refiero.

—No, sabes que no. Me he guardado para Andrea y él y yo nunca hemos estado... tú me entiendes —le repliqué.

—Por eso no lo hice —me dijo—, si lo hubiésemos hecho, no estaríamos con vida; con una sola gota de sangre en cuestión de segundos hubiésemos sido devorados por miles de tiburones. Al bucear debemos cuidarnos de no causarnos una herida, a las mujeres con el periodo no les está permitido bucear. Los tiburones pueden estar a 30 kilómetros y si perciben el olor a sangre, eso los excita y se orientan increíblemente al lugar y hubiésemos sido bocadillos de una luna de miel tan corta como para un Récord Guinness... ¿entiendes que si fuese tu primera vez correríamos el riesgo de ser atacados por miles de tiburones?

Lo miré, me llevé las manos a la cara y me avergoncé. Entonces Ricardo me tomó del brazo y me dijo:

—Ven, ponte ropa negra, un camisón o algo.

Y así lo hice, él también se puso una camisa negra y ya traía puesto su pantalón corto negro. Bajamos a la plataforma y subimos a la balsa, tomó dos remos, dos focos y dos toallas de playa de color azul oscuro; remó hasta la orilla para no encender el motor, entró por la desembocadura del riachuelo al lado de la casa de los guardaparques en Bahía Chatam. Uno de ellos hacía guardia y nos saludó con su linterna encendida, entonces Ricardo apresuró el paso y recorrimos la playa hasta el final y al llegar a un frondoso árbol, que a la luz de la luna su sombra era como un agujero negro, me detuvo y me dijo: «Espera aquí, iré ahí y mira lo que sucede». Entró bajo el árbol y desapareció como por arte de magia, luego salió, extendió su mano y me acerqué para ingresar a ese espacio perdido, a otra dimensión. Ahí adentro, sentados sobre las toallas extendidas en la arena, mirábamos un mundo afuera, un firmamento lleno de estrellas. La luz de la luna que era cómplice, el mar acariciaba la suave arena blanca y golpeaba los arrecifes. Una docena de barquitos de pescadores dormían y se resguardaban en la bahía. Ahora solos, sin perder tiempo, se puso de pie y se despojó de su pantaloncillo corto; se sentó y de inmediato hice lo propio y me detuve frente a él, me acarició despacio y me preguntó: «¿Tienes miedo?». «No, claro que no» respondí. Disfrutó su momento y toda mi piel estaba erizada. Me tomó suavemente, como cuidando de no lastimarme, cuando sentí que unas lágrimas rodaban por mi mejilla y un hilo caliente bajaba por mis piernas. Ricardo las besó y me sentí llevar a algún lugar en el centro del Universo. Sólo le escuché preguntar de nuevo: «¿Estás bien?» y le dije: «Sí, mi amor… te amo, ¿sabes que te amo? ¿sabes cuánto me gustas? ¿sabes cuánto he soñado contigo? Son casi cinco años». Me respondió: «Sí, lo sé, lo sééé…. ¿y qué pasará ahora?» me preguntó.

—Por ahora, disfrutar mi momento —le dije—, mi viaje y a ti al máximo. Gracias por cuidar de mí. Si no permitiste que miles de tiburones me atacaran, ¿por qué habría de tenerle miedo a nada si estás para cuidarme? Gracias, Ricardo. Te amo.

Ya no dijimos más nada y no sé cuánto estuvimos ahí, solo sé que no quería que terminara ese momento, pero había que regresar. Al llegar al riachuelo donde estaba la balsa se iluminaban miles de ojitos. Ricardo tomó varios, eran camarones de río. Mientras regresábamos al bote tiró las cabezas al agua y guardó las colas de los camarones murmurando: «Eso es alimento para otros peces, nosotros sólo requerimos las colitas. ¿Cómo las quieres, al ajillo, tempura o en coctel?». Le dije: «Iré a dormir, compártelas con Lucciano, creo que aún nos espera». Y él me dijo: «Mañana haremos la inmersión temprana y no haremos la de la tarde para repetir la inmersión nocturna y ver cómo están los caballitos de mar». Me lo dijo con una sonrisa, mordiéndose los labios y mirándome descaradamente, lo cual fue bello y excitante para mí.

Al siguiente día

—No quiero ir a la inmersión de la mañana, no tendría nada interesante. Mejor me quedaré en el bote a revisar y editar fotos y videos —dije—, me duelen los oídos.

Así sólo haría la inmersión nocturna, yo sabía que Ricardo sí me entendería. Ya por la noche sería la misma estrategia de la noche anterior, sólo tomaría unas fotos y videos de los caballitos de mar, ya que habría que mostrar material de la inmersión y deseaba terminar rápido el circuito para llegar al banco de arena, donde, si yo estaba extasiada, imaginaba que mi perseguidor lo estaría más aún, pues yo me encargué de que la vista fuera espectacular y al llegar me posé suavemente sobre la cubierta del foco y dejé caer mis rodillas que flotaban suave por el movimiento de las corrientes del mar y no tardaría mucho en sentir lo cálido y suave como lo imaginé, abrazada por todo el Océano Pacífico. Cómo su amor alcanzaba mi mayor locura, cómo las burbujas del tanque hacían una fiesta al subir a la superficie; me hubiera encantado escucharlas reventar al salir. El tiempo que duró fue poco, pero para la eternidad, una experiencia para recordar por el resto de mi vida. Regresamos al bote y de inmediato subí a la azotea donde llegó Ricardo con una botella de vino blanco de las que le regalé y varias colas de camarón de río asadas, con ensalada verde y aderezo rosado y dos copas. «Ya les serví a Lucciano y a Andrea...» me dijo sonriendo maliciosamente y preguntó: «Comemos después?». «Sí» le repliqué, pero antes debes catar mi vino». «Está bien, grábalo porque no hay con qué anotarlo. Bien, comienza» dijo y sirvió un par de onzas de la botella de vino blanco y las agitó suavemente en círculos tomando la copa por la base con los dedos pulgar e índice derechos. Se llevó la copa a la nariz e inhaló suave y profundamente, luego tomó un sorbo y lo sostuvo unos segundos, lo saboreó.

—Es un vino tenue, suave en boca pero con cuerpo robusto, se perciben sabores a frutos silvestres, aroma de rosas y abetos en la nieve; acidez de manzana verde, percibo sabor a miel de abeja pura y azucares de durazno y algo ahumado.

Yo sabía que había acertado en todo y agregó:

—Soy Chef y tú eres la carne blanca con la que va bien y es el maridaje perfecto, así que tomaré una copa, te bañaré con otra y me la comeré a besos.

—Wow, sí que sabes de maridaje —le dije entre risas.

—¿Ya no estás molesta conmigo? —me preguntó.

—Nunca lo he estado y quisiera poder decirte lo que siento, pero no hay palabras para explicarlo. Lo que siento es más de lo que se pueda decir con palabras, no se han inventado para decirlo.

—Wow —exclamó.

Quería pasar la noche ahí al descubierto con el firmamento de cobija, pero me podría enfermar, así es que agradecí a mi príncipe y me retiré a escribir mis notas en este diario para finalizar diciendo que tuve la experiencia mágica más allá de lo imaginado. Mágicos momentos que no se experimentan dos veces en la vida. No pudo ser más maravilloso, ni haberlo vivido en otro cuento de hadas. ¿Qué más podría pasar que superara esos instantes que marcarían de gozo y éxtasis mi vida?

Al llegar al puerto, Ricardo decidió quedarse una noche ahí para que Andrea se reestableciera y se sintiera mejor, por lo que la pasaríamos comiendo, tomando y caminando por ese bello lugar. La perla del Pacífico, así le dicen a Puntarenas. Gente maravillosa sentada en las afueras de sus casas compartiendo con vecinos y transeúntes. Caminamos por la playa, compramos souvenirs y observamos los cruceros atracados en el muelle. Era un momento de relax de cuatro amigos imperdibles.

DEL DIARIO DEL NARRADOR LUCCIANO

Enero 20 de 2020

Ya en la finca, a un día del regreso a Italia, calentaba el sol y un viaje al río temprano era obligatorio y otro al bosque Los Bobos por el atardecer donde está la pequeña y acogedora cabaña hecha artesanalmente con maderas de la región, con una chimenea y lo necesario para pasar una velada entre amigos o familiares. Al subir la colina se encuentran cinco árboles de corteza casi formando un círculo entre el límite del bosque y la pradera y son de diferentes tamaños, como si fuesen una familia; hay dos de flores rosadas y tres de flores amarillas. Podrías pensar que dos son madre e hija y tres son padre e hijos, pero eso es sólo una metáfora alusiva al romanticismo y mi cursilería. En el centro de ellos se forma una nube de flores caídas de los árboles y al caminar pareciera nieve de color, es como una suave alfombra hecha de flores, pero imaginé que ese último día alguna fiera salvaje del bosque estuvo allí revolcando esa nube de flores, por lo que me regresé a la cabaña. Busqué a Ricardo y Romina y los escuché regresar por el sendero que atravesaba el bosque desde la catarata. Venían muy sonrientes tomados de la mano y me dijeron:

—Este lugar es mágico. ¿Sabes? encontramos un grupo de mariposas blancas de ojos azules, debes tomar algunas fotos de ellas.

Por lo que me adentré y logré capturar videos y muchas fotos, también miré las flores Labios de Mujer Ardiente y para culminar con éxito total, una mariposa, quizá la más grande, se posó sobre un ramillete de estas flores rojas encendidas que parecen carnosos labios de mujer pintados con intenso labial rojo. Jamás me lo hubiese imaginado, posaba para mi lente. Romina, al ver las fotos, me obligó a jurar que se las pasaría. Yo seguía sospechando algo, pero adoraba a esa pareja de locos, salvajes idealistas y románticos.

DEL DIARIO DE ROMINA

Enero 21 de 2020

Pensando aún en lo vivido hace apenas tres días en la isla del Coco, la isla de mi tesoro, aún con el sabor en los labios y algún suspiro, llegamos de regreso y las atenciones de Don Beto y Doña Helena eran como las esperábamos siempre. A un par de días de terminar esta expedición, se me acercó Ricardo y me dijo al oído: «Hoy ponte tu vestido amarillo, toda» aseveró, siempre con su risa malévola, por lo que me vestí de amarillo. No sabía qué clase de lección de magia habría esa tarde, quizá sería un ritual o costumbres de los lugareños. Lucciano nos acompañó y no escatimó en preguntar por qué los dos estábamos vestidos de amarillo: «Parecen yemas de huevo» dijo riendo, a lo que Ricardo respondió serio:

—Es en agradecimiento a la naturaleza y a una pequeña primavera que se vive un corto tiempo al año en la familia de los Corteza y el que no va de acuerdo con la ceremonia, se queda en la cabaña y hasta que yo le dé aviso, podrá subir.

—Sí, señor —respondió Lucciano y con un guiño de ojo agregó—: Entendido…

—Aun no entiendo —les dije.

—Entenderás —me dijo Ricardo.

Al llegar a los Corteza, vimos una alfombra de flores amarillas con algunas pocas rosadas que se internaban entre la pradera y el bosque. Ahí entró Ricardo, se sentó, se recostó y lo perdí de vista de nuevo. Ahora sí entendí, por lo que ingresé rápidamente con una sonrisa pícara y lo tomé ahí mismo contra el suave tapete amarillo, del que desde ningún punto nos podrían ver ni sabrían que estábamos ahí.

—Eres un experto en camuflaje, mi amor —le dije, a lo que respondió sarcásticamente:

—Sí, lo sé, lo sééé... pero recuerda que tú me lo enseñaste en la nieve. Me vestiste de blanco y me llevaste a hacer angelitos, ahí me enseñaste a camuflarme en la naturaleza. En la isla, de noche y a la sombra, nos vestimos de negro.

—Es cierto, pero no te tomé como lo haces tú —le dije.

Me tapó la boca con un beso eterno y me llevó al cielo y yo era feliz. Me puso de pie y me hizo abrazar uno de los cortezas mientras me besaba y le sentía recorrer mi piel; me acarició suave, sentía su aliento tibio y jadeante. De pronto me sentí levitar, mientras me aferraba abrazada al árbol y posada sobre sus fuertes piernas sentía cómo su mano derecha pasaba suave hacia el cráter de un volcán a punto de erupción. Con su mano izquierda cruzada debajo de mi brazo, tomaba mi mejilla y me besaba los hombros, en ese momento me sentía como su mariposa, con las alas abiertas al Universo. Él no necesitaba mi permiso, ya era su posesión más adorada y yo no podía ni quería escapar de esa atadura entre mi amado y el corteza que era su cómplice y a quien también amé en ese momento. Me sentía como si fuera al galope de uno de los potros de la finca, quería decir no y no pude, porque su voz suave al oído me dijo:

—Eres mía, sólo mía, mía, mía, de mi propiedad, soy tu dueño.

Mientras el veneno de ese escorpión paralizaba a su presa, de inmediato recordé a sus vaquillas en el Guanacaste. Me estaba marcando como a una de ellas y le respondí: «Sí, sí, sí». Truenos y relámpagos en un país que tiembla todos los días. La Tierra se movió a escala de terremoto 6.9 Richter. Nunca nadie habría tomado lo que Ricardo hacía suyo y quizá nunca más lo vuelva a tomar, pero ese momento superaba todos los anteriores. Extraños momentos marcaron mi viaje.

En otra ocasión le dije que nunca sería marcada ni propiedad de nadie y ahora, entregada sin importarme nada, sólo quería ser suya. Sentí un extraño escalofrío, algo divino marcaba ese instante, quería mirarlo a los ojos, pero me encontraba atada al árbol con sus manos como enredadera; su mano derecha evitando que la erupción fuera total, la lava ardiente quemaba todo a su paso mientras mordía suavemente la mano que tapaba mi boca. Lentamente regresé mis pies temblorosos al tapete de flores amarillas y al voltearme puso su mano en mis labios, sentí mi propio néctar, cual reina en su colmena de abejas. Me besó suave, apasionada y profundamente, algo que no deseaba que terminara jamás. De pronto escuchamos los ladridos de Virringo y sabíamos que Lucciano subiría la colina, por lo que apresurados nos adentramos al bosque rumbo a la catarata corriendo como dos fugitivos y sin decir una palabra; yo le seguía y al llegar nos zambullimos en la poza y nos acurrucamos en unas piedras bajo la cascada, a disfrutar el momento mágico que ahora refrescaba la piel pero el alma era una hoguera encendida. Ya no me importaba el mundo, sólo existíamos Ricardo y Yo. Ahí estuvimos con el masaje de la corriente en nuestras espaldas, seguíamos mudos, pero las miradas y las sonrisas eran un libro abierto. Un abrazo era suficiente para sentir todo lo que no se puede decir con palabras. El latido del corazón, los "te amo" y "te quiero" son pocos. Este sentimiento es algo más de lo que puedo decir.

Ya de regreso nos encontramos con Lucciano y le pedimos que tomara unas fotos a las mariposas y flores Labios de Mujer Ardiente y nos dirigimos a la casona. Tomó una botella de vino tinto con una "R" y una mariposa blanca en su etiqueta, me llevó a la cabaña, me sirvió dos o tres onzas y me dijo: «Ahora es tu turno te catar mi vino rojo». Lo tomé por la base y lo agité suavemente para que se oxigenara; lo llevé a mi nariz, tomé una aspiración suave y profunda, luego tomé un sorbo y lo mantuve en el paladar por unos segundos. Lo bebí y dije:

—Es fuerte en boca, robusto e intenso, de aromas silvestres; se perciben notas de frutos exóticos y azúcares florales, con amargo de tierra como sangre de toro bravo y tenues sabores a café tostado. En sus textura hay aceites de aguacate y semillas nuevas.

—¡Sí, acertaste! —me dijo.

—Ah, y es excelente maridaje para carnes rojas, en especial carnes de caza o de bestias salvajes, fuertes y robustas. Así que tomaré una copa y con otra te bañaré, va bien con ella en hierbas aromáticas de la finca y no lo compartiré con nadie, jamás. Me comeré a besos a mi fiera de montaña. Ricardo, tú eres mi maridaje perfecto.

Sólo sé que a partir de ese momento fui diferente, sin pudor, sin miedo ni vergüenza. Jugueteaba más con Ricardo, como un gatito con su bola de estambre. Todo cambió, ya no soy la misma Romina. Hoy, el día superó a todos los demás. Hoy tengo dueño, hoy quiero llamar a mi madre y decirle que no me importa, que amo a Ricardo con locura, que le cuente a papá y a la familia de Andrea. Hoy no quiero regresar a casa, me quiero quedar aquí, estoy viviendo un sueño... pero la vida tiene otra realidad.

Miré a mi amado y le dije:

—Me marcaste como a una de tus vaquillas.

—Sí, lo sé, lo sééé... —dijo riendo.—Ahora te pertenezco y tú me perteneces.

—Sí, lo sé, lo sééé... Ahora eres de mi propiedad —dijo riendo de nuevo.

Le di una palmada en las pompis como castigándolo y también un abrazo de oso y muchos besitos. y casi brincaba de la alegría por la experiencia vivida. ¡Qué día! ¡qué día! ¡qué día tan mágico!

DEL DIARIO DEL NARRADOR LUCCIANO

Enero 21 de 2020

Regresamos a la casona donde la familia estaba presta a servir la cena. Una serenata de despedida con guitarra y guaro de caña y al día siguiente Ricardo nos llevaría al aeropuerto. Esta vez, en la despedida Ricardo y Romina no sólo se dieron un abrazo y yo miré a Andrea, el cual sólo encogió los hombros; lo vi sonreír y despedirse de su amigo. Ricardo se quedaría una semana antes de volver a Italia, yo no me atreví a preguntar nada. De mi diario tampoco escribo lo que ya estaba escrito en el de Romina, lo que pasó en Los Bobos se quedó en Los Bobos. Romina, ya en el avión, de vez en cuando parecía recoger alguna lágrima que se le desprendía del alma y revisaba su celular; yo le pasé mi galería de fotos y así pasó todo el viaje, durmiendo algunas horas. Fue un regreso silencioso con un cúmulo de experiencias y recuerdos que contar o algunos no. Algunos se quedaron en la intimidad del océano y la montaña. Eso yo solamente lo presentía, hasta entonces.

De regreso a Italia, Andrea hizo un viaje a China, Taiwán y Japón. Nos escribía y comentaba que todos los negocios eran un éxito y que volvería para estar juntos en San Valentín, así lo hizo, pero algo en la amistad no parecía andar bien. Andrea se reunía más seguido con la familia en casa de Romina.

Ricardo estaba aún en la finca y planeaba reunirse con Amelia para explicarle que ya no lo esperara como antes, quería seguir siendo su amigo, pero ya no habría sueños de familia juntos. Iba con esa intención pero el corazón le falló y no se animó. Amelia dulcemente le entregó un regalo con una carta para el viaje a Europa:

«Para que nos recuerdes, y recuerdes tus promesas…»

El REENCUENTRO

Enero 28 de 2020

Hace unos días nos escribió Ricardo y vendrá a Italia con deseos de quedarse. Acomodando la estadía, Andrea coordina para que se quede en su misma habitación cerca de la planta y Ricardo se encargará de supervisar el proceso de elaboración de embutidos y quesos, así como también del restaurante, esta vez de manera definitiva.

A su llegada nos reunimos los cuatro y compartimos en casa de Romina, ese día se habló de negocios. Romina continuó sus estudios y apoyaba en los procesos de elaboración de vinos, por lo que las charlas se convierten en un maridaje de platillos, buen vino y negocios. Esporádicamente se hablaba de los viajes a Costa Rica y al Caribe.

—Recuerdo el día en el que me llevaste a bucear. Iba con tanto miedo, pero al final fue maravilloso y espero volver —comentó Romina.

—¿Qué pasó en aquel viaje a la Isla del Coco? —pregunté y ellos sonrieron.

—Para mí fue espectacular, había tanta vida, tiburones, mantarrayas, peces, langostas —dijo Andrea.— Y la inmersión a la Montaña Sumergida, un trocito de paraíso. Y la inmersión nocturna en la parte baja de Manuelita, el viaje a las cataratas... me muero por volver. Los Corteza, que jamás los talen, que vivan allí por siempre y mudos, por supuesto. Y las mariposas blancas de ojos azules... ¿Qué más podía yo pedir? —dijo Romina.

—¿Cuáles mariposas blancas? Yo no las vi —dijo Andrea.

Ricardo sonrió con mirada pícara, entresacando la lengua sobre el labio inferior… son momentos que se convierten en el más grande tesoro.

—Yo sólo recuerdo el mareo y el miedo a los tiburones —dije. También se habló del viaje a Corcovado, la caminata por el parque.

—Mi foto preferida es la Flor de Labios de Mujer Ardiente con esa mariposa blanca posada sobre ella, impresionante belleza.

—La mía también —dije yo—, es y será por siempre esa mariposa blanca. Tiene razón Ricardo, hay algo mágico en ella.

—Me alegra mucho que disfrutaran de mi país.

La historia continuó, hablando y hablando, de la finca, de los volcanes y ríos, de los monos y otras criaturas en la playa.

LAS NOTICIAS INTERNACIONALES

La humanidad está enfermando. 1 de Febrero de 2020

Desde finales de 2019, en la televisión y en los periódicos se hablaba de una enfermedad en una región de China: Wu Han. Andrea iría de nuevo a otra gira corta el siguiente mes por esos lugares, mas no se le daba importancia; pronto regresaría y la vida seguiría normal y exitosa. La ceremonia estaba en camino, nadie pensaría en un cambio drástico. Para cuando se comenzó a alarmar la población, seguíamos inmunes, todo era fiesta, reuniones y gozo. La llegada de Andrea se dio para San Valentín, nosotros algunas veces nos encontramos allí, Ricardo y yo sólo esperábamos a Andrea para regresar a casa y a nuestras obligaciones.

Pasados los días las cosas empeoraron y la información se acrecentaba. Italia estaba a punto de cambiar, los casos crecían por un contagio llamado Covid 19, las noticias de otros países eran alarmantes y Europa estaba en estado de conmoción. Por esos días había mucha incertidumbre y especulación.

Andrea se sintió un poco decaído y no decía nada, Ricardo le atendía y me informaba que Andrea no estaba bien, que deberían llevarlo a la clínica pero sin alarmar a Romina. Lo llevamos y lo atendieron, le dieron medicina y lo enviaron de regreso a casa. La información que se daba en los noticiarios nos servía de guía y monitoreábamos los síntomas de Andrea, pero éste decía que era sólo una gripe y que estaría bien: «Ya saben cómo soy para los viajes largos, es sólo el mal del viajero y un resfriado que pronto pasará». Romina preguntaba por él, ya que se había ausentado un par de días y casi no le escribía. Ricardo llegaba al pie de su ventana para animarle, pero sólo explicó que Andrea estaba con un cuadro gripal, por lo que Romina le encargó que lo cuidara, ya que la familia le había prohibido salir porque se daba la advertencia de quedarse en casa.

NUEVOS RECLAMOS DE VALENTINA

De nuevo, 15 Febrero de 2020

Al llegar a Italia, la madre de Romina estaba molesta y tuvo una seria discusión con Romina:

—Oye hija, quiero que te alejes de Ricardo, es por tu bien. Si tu padre se entera de que estás enredada con ese chico, no sólo saldrás lastimada, él también.

—Otra vez madre con este tema. Está bien, ya que crees que hay algo entre Ricardo y yo, te diré la verdad. Hace dos años que estoy con él. Andrea lo sabe, nos dio permiso de estar juntos porque Andrea no me ama y tiene otra chica en Suiza, se llama… ay, no sé, ni me importa. Y yo amo con locura a Ricardo.

—Es imposible, eso nunca sucederá y lo sabes. Tu padre te desheredará y la familia de Andrea no lo permitirá. Ustedes deben casarse como bien lo sabes. No podemos ser un escándalo en la ciudad y aunque te fueras del país con ese don nadie, nos dejarías deshonrados en ambas familias y lo sabes bien.

—Yo amo con locura a Ricardo y él me ama. No puedo vivir sin él y a él le haría el peor daño dejándolo, sé que lo mataría. Madre ¿qué hago?

—Empieza por distanciarte de él. Si de verdad lo amas, deberás hacer lo que te digo, por el bien de todos.

Romina suelta en llanto desconsoladamente y se retira a sus aposentos, cierra de golpe la puerta y se abraza a sus almohadas. Así pasó varios días en los que no quería comer. Valentina le llevaba comida al cuarto y se disculpaba y trataba de que Romina se recuperara. Miró su teléfono y había cientos de mensajes sin leer y lógicamente sin responder, y en su mayoría eran de Ricardo. Valentina se tomó su tiempo y leyó todos los mensajes:

—Amor mío, ¿qué pasa que no me respondes? Estoy preocupado. No sé nada de ti, ha pasado una semana que estoy sin tener noticias de ti; sólo dime que estás bien, me hace mucho daño estar así. ¿Te hice algo que te molestara? Si fue así, perdóname, habrá sido sin querer. Jamás lastimaría a quien amo con el alma.

—Romina, hija, yo te amo mucho y lo sabes. Lo que estés pensando hacer debes hacerlo con la razón y no con el corazón. No destruyas tu mundo ni el de Ricardo. Ambos deben seguir rumbos diferentes, no podrán ni siquiera seguir siendo amigos y lo sabes. Sé que es difícil, muy duro, yo también soy mujer, yo también tengo mi propia historia de amor; yo también he sufrido en silencio y nunca lo he compartido con nadie. Amo a tu padre, pero... él no era el amor de mi vida...

Romina levantó la cabeza por primera vez, algo así como sorprendida y con los ojos hundidos y marchitos. Lo que acababa de escuchar fue un cuchillo en su corazón, pues amaba y respetaba mucho a su padre. Se reflejaba una tristeza tan grande, que Valentina la abrazó y se soltó en llanto.

—No es que no me agrade Ricardo, es un chico hermoso y buen hombre y te lo mereces, lo sé. Pero el destino no lo permite. Sé que lo amas, sé qué harías cualquier locura por él y que ahora sufres y sufrirás mucho más. Él debe estar preocupado, debes contestarle. Salúdalo suave, no lo lastimes muy fuerte, miéntele mientras tanto. Que has estado enferma, que el teléfono no funcionaba, no sé, tú hazlo o pronto lo tendremos en la puerta y si tu padre se entera será el fin del mundo para todos.

—No madre, él no lo hará. No es el chico que piensas que es. Lo conozco muy bien y tengo mucha hambre, tomaré algo y pensaré qué hacer. Lo siento mamá, pero estoy dispuesta a morir por él. Pase lo que pase, no lo dejaré.

Romina se sienta y se lleva las manos a la cabeza antes de agregar:

—Me he sentido mareada y con náuseas, será por estrés o no sé si me estaré enfermando.

—Llamaré a Giuliana, la madre de Lucciano, para que venga a verte.

—Está bien, madre.

Así, tomó algo de comer, le contestó sus mensajes y alimentó el alma deteriorada de Ricardo:

—Amor, me vuelve el alma al cuerpo, estaba preocupado. Pregunté a Andrea y me dijo que no sabía nada de ti. Pregunté a Lucciano y tampoco sabía nada, sólo me dijo que estabas en casa y que no tenía noticias tampoco, pero que le había preguntado a Valentina y le habían dicho que estabas sin teléfono y decaída de salud, que seguro era un resfriado.

—No es nada, de verdad no te preocupes. Te mantendré al tanto de cómo sigo.

Todos los días Ricardo me llamó para preguntarme si sabía algo de la salud de Romina.

—Dime ¿cómo está ella?

—Sé que mi madre fue a verla y parece ser que por secreto profesional, no me comenta nada, sólo que estará en tratamiento, por lo que irá a una cita en los próximos días —le respondí.—Si pudiera saber qué día para encontrarla en el hospital. ¿Podrías averiguarlo por mí?

—Lo intentaré, amigo —le dije—, la llamaré de nuevo y te paso el teléfono... está timbrando.

—Hola amiga, espera, Ricardo está ansioso por escucharte...— Hola Romina, amor mío, te siento fría y distante; sabes que no te creí, te conozco muy bien y sé que no pasarían dos días sin escribirme. Ocho días es una eternidad y estoy convencido de que algo sucede.

—Ricardo, he tenido días muy complicados que no entenderías. He tenido discusiones con mi madre por nuestra relación. ¿Sabes lo difícil que es esto? No sabes por lo que estoy pasando, perdóname porque no atendí el teléfono, no me sentía bien y no sabía qué decirte. Andrea se ha retirado de su casa y creo que está en las habitaciones de la planta de proceso, está resfriado. Se aproxima la fecha de la boda y aún no sabemos qué hacer. Nuestras familias planean ya la boda, no sabes lo que yo estoy viviendo.

—Creo que es hora de enfrentar la verdad y hablar con ambas familias para acláralo y que acepten nuestra relación.

—No, no vamos a hacer nada que deteriore la relación de ambas familias, hay que esperar a que Andrea se recupere y lo planeamos juntos.

—Está bien, pero necesito saber de ti, no puedo concentrarme en el trabajo sin saber cómo estás. Aunque ahora nos piden que enviemos a los empleados a casa y cerremos el restaurante y también la planta de proceso. Solamente los empleados de campo en los viñedos y los que atienden a los animales tendremos y con mucho cuidado. Ya cerraron los aeropuertos, sólo hay vuelos humanitarios. Es muy tarde para regresarme a la finca con mi familia y ahora quedé aquí y como sabes deseo estar cerca de ti; lo que se ve y se escucha es horrible, tengo que interrumpir esa boda o moriré. Te amo Romina, eres mi vida entera.

—Te lo he dicho siempre, tú sabes mejor que nadie lo que siento por ti, pero ahora hay que enfrentar una guerra en la que todos saldremos heridos. Yo lucharé por ti, sólo eso te prometo. Te he defendido y he luchado por estar contigo, he esperado casi cinco años y lo sabes. Te he entregado lo mejor de mí con todo mi amor y no me arrepiento, han sido cinco años maravillosos. Ahora estoy inestable, confundida y debo aclarar mis pensamientos, quería pedirte un tiempo.

—Me asustas, no entiendo.

—Hay que esperar, necesito tiempo para pensar. Debemos tomar una decisión juntos los tres, cuando Andrea regrese.

—Está bien, pero tengo un extraño pesar en mi alma. No sé qué es, pero me está empezando a doler. ¿Cuánto tiempo será, dos días, una semana? Más no podrá ser, me matarías.

—No seas tonto, vamos a enfrentar lo que venga. Mi amor por ti va más allá de la razón y espero que tomemos buenas decisiones o al menos la decisión correcta y que nadie salga lastimado. Tenemos la suerte de que Andrea no quiere casarse conmigo.

—Sí, es cierto, eso me alienta, pero de eso a que me acepten en tu familia sí está complicado; pero queda la posibilidad de que respeten nuestra decisión. Al menos que no te cases nunca, con eso me conformo.

—Perdona tantos mensajes sin leer y sin responder. Me disculpo, pero lo tenía apagado, no quería decir algo de lo que me podría arrepentir después.

—¿Fuiste a ver al médico? ¿qué te dijo?

—Sí, no es nada, son unos cólicos y me producen mareos; primero estaba sin hambre y ahora tengo un apetito tan voraz que me comería una de tus vaquillas de Guanacaste.

—Me alegro de que estés de buen humor y te entiendo. Estos días sin ti he sufrido como si me hubieras dejado, ahora estoy más tranquilo. Sabes cuánto te amo, prométeme que me escribirás más seguido.

—Sí, lo haré… y yo a ti. Besos.

LA RUPTURA

1 de Marzo de 2020

Para Marzo de 2020 ya los planes de boda estaban consumados. Todo giraba en hacer la mejor boda de la ciudad y había en Ricardo una ansiedad tremenda. Hace ya varios días que no sabe de Romina ni de Andrea, por lo que acude a mí.

—Amigo ¿sabes algo de Romina y Andrea? Sé que la boda sigue en pie, Andrea no ha estado por la planta estos días como lo hacía siempre y si no podemos cancelar la boda ¿qué pasará conmigo? Romina no me ha escrito desde hace varios días, necesito hablar con ella. Sé que ambas familias se han reunido para la celebración de la boda y yo no tengo ninguna información. Necesito hablar con ella o con Andrea, necesito contarle que volví a soñar con mis mariposas blancas, una grande y una pequeña; yo quería jugar con ellas y venían a mí, pero esta vez no me alcanzaron. Tengo un mal presentimiento, el sueño fue tan real como todo mi entorno.

—No te prometo nada, pero iré a verla y le preguntaré, no me parece justo que no te escriba; claro que la entiendo, debe estar más que confundida la pobre.

—Sí, lo sé, lo séééé... Después de visitarla y conversar con ella debí prepararme porque afuera ya no era primavera y un nubarrón negro se veía venir como la peor tormenta, con truenos y relámpagos. Yo debía estar preparado para enfrentar esa tormenta.

Esa misma tarde, ya caída la noche, un hombre en llanto me llamó y fui a asistirle. Entré a su habitación y lo encontré devastado, entre llorando y gritando su dolor, me dijo:

—Me terminó, me dejó, me botó… no puedo creerlo. No puede ser que no me ame, me está mintiendo, lo sé.

—Debes ser fuerte ahora y esperar. Tú mejor que nadie sabe lo que está pasando, aún debes esperar.

—Ella tiene que recapacitar, no puede casarse con alguien que no la ama. No puede destruir su vida así y de paso destrozar la mía. Iré a hablar con su familia y con la de Andrea.

—No, no vas a hacer eso, sabes bien que empeoraría las cosas. Mejor le digo a Andrea que venga a hablar contigo, él debe saber qué pasa y qué podrán hacer.

—Hablaré, sí, hablaré con Andrea. Lo llamaré.

—Hoy no, esperaré aquí contigo a que te calmes y descanses un poco.

Esa noche no dormimos. Ricardo no dejaba de sollozar y yo, en mi tristeza por el desarrollo de las situación, también me sentía mal.

TODO SE DERRUMBÓ

2 de Marzo de 2020

Reunidos en la habitación de Ricardo, por algunos minutos hubo silencio. Ricardo tenía la mirada fija en Andrea y este mantenía su cabeza baja. Ricardo se aguantaba, pero al final reclamó:

—¿Por qué? Dime por qué, si no la amas, si tienes a Gissella ¿por qué?

—Ricardo, eh… Romina y yo hemos decidido volver y casarnos, lo siento por ti pero así debe ser. Quiero que entiendas y que la dejes, no la molestes ni la hagas sufrir si de verdad la amas.

—¿Crees que para mí será fácil? Si así lo decidieron lo quiero escuchar de ella. Respeto que me lo digas y respetaré su decisión, pero eso me hace mucho daño.

Ricardo llama a Romina y le pregunta:

—¿Es cierto? ¿has vuelto con Andrea?

—Necesito que me des el tiempo que te pedí, estoy confundida. Era lo pactado por las familias desde el principio, intento salvar lo nuestro pero no puedo.

—¿Sabes que me estas matando? ¿que no podré vivir sin ti?

—Es tu culpa, por tu orgullo. No sabes los momentos difíciles que pasé. También es mi culpa, debí decírtelo.

—Pero aún hay tiempo.

—No, ya es demasiado tarde. Ahora veo las cosas desde otro punto de vista, te di mis mejores años, fueron cinco años.

—Yo te amo, te amo demasiado. ¿Por qué ahora? Ven conmigo, podemos hacer todo juntos, quiero que administres mi vida, o iré por ti.

—No, no voy, ni vengas. No malgastes tu dinero ni tu tiempo, ayuda a tu familia y déjame hacer mi vida. Deseo que estés bien, yo sé que estarás mejor sin mí. Pon tu negocio con tus hermanos y sigue tu vida.

—Imposible, vivo por ti y para ti, me enamoraste, me enseñaste a amarte y no me preparé para perderte. Jamás pensé que esto pasaría, no lo soporto. Juro que iré a buscarte y que me digas mirándome a los ojos que no me amas.

—No sé cuándo ni cómo pasó, pero entiende, ya no te amo.

—No es cierto, sé que me amas, me estás mintiendo, lo sé. Cada beso, cada abrazo... si apenas hace unos días me decías que me amabas con el alma y con la vida. Nadie deja de amar en unos días, esto me está matando y sé que no pasará, tardará una eternidad. No puedo ni quiero vivir sin ti. Te amo tanto, mi vida...

—Ay, ya. Supéralo.

Esta fue sin duda la estocada final, el puñal en el corazón de un hombre enamorado. La caída del árbol de Cocoolo, madera fina. No es fácil tumbar un árbol de este tamaño y calidad, pero se trajo abajo toda la montaña de sueños, planes, felicidad y fuerza. Toda una vida y su existencia. Ya caído tan hermoso espécimen, cualquiera podría hacer con él la artesanía que quisiera, o sólo hacer leña del árbol caído. Ya no importa. Su vida, porte y elegancia yacen tumbados, mirando al infinito Universo, poco antes de cerrar sus ojos. Su corazón amurallado por una amor casi imposible, el castillo de un Imperio impenetrable que se ha derrumbado.

—Para ti es fácil decirlo si tienes a alguien, yo sólo te tengo a ti. ¿Cómo superarlo? Por favor, no me dejes. Te enamoraré de nuevo.

—Por favor, quiero hacer mi vida, quiero que seas feliz. He sido tu mala suerte, tu sapito; deja de escribirme y no me llames, que me causarás problemas. Si me amas déjame y no me busques más. Yo estaré bien, por favor, y sé que tú estarás mejor sin mí, ya verás. Ya no tienes que preocuparte por mí. Haz tu dinero y haz negocios con tus hermanos, y de verdad lo siento, lo siento mucho.

—Perdóname, perdón... hice lo que pude.

—Lo sé, te has esforzado, eres hombre trabajador y valiente, pero no alcanzó. Quizá Dios así lo dispuso. Un día le pedí que te pusiera en mi vida y hoy le pido que te cuide, tengo un gran vacío en el alma y un gran vacío en el corazón. Algo se rompió.

—¿Qué se rompió? Nada se ha roto.

—Las cosas que me dijiste... me lastimaron.

—Pero yo no te he dicho nada para lastimarte.

—Sí, me dijiste que lo mío no era amor, que era sólo jodedera. Que estabas cansado, que querías rendirte y que te agobiaban las deudas de la familia. Yo lo pensé mucho y recapacité, no quiero ni debo ser una carga para ti.

—Tú no eres una carga para mí, carga es soportar mi vida sin ti. Eso de las deudas ya casi está solucionado y cuando te dije que estaba estresado era porque estaba deprimido o cansado por la distancia y lejos de la familia. Me preocupa la salud de mis padres y que les afecte el momento de tener la incertidumbre de perder el patrimonio que se ha construido con tanto esfuerzo y cariño, del que dependen todos mis hermanos. Si te lo comenté fue buscando tu apoyo, tu consejo y tu cariño. De verdad te necesitaba, no medí que estuviera lastimándote, deseaba que me dieras palabras de aliento como has hecho antes y sólo consigo esto, que me dejes.

—Lo siento, es muy tarde ya. La decisión está tomada y nada se puede corregir. Haz tu vida y déjame a mí. Ahora perdóname tú a mí, por favor. Mi corazoncito falló, ya no siento nada por ti.

—Eso es mentira, no te creo, tus ojos no mienten, ven y dímelo mirándome a la cara, como cuando iniciamos… tus hermosos ojos que me hechizaron brillaban y su luz se clavó en mi alma. Yo no he hecho nada para lastimarte tanto como para que me abandones de esta manera. Hemos sido muy felices, aunque a escondidas. El latir de tu corazón le habla al mío, ellos dos no mienten, pero tus palabras sí.

—¡Qué lindo! Es hermoso. Gracias por amarme así, pero por favor vete y cuídate ¿sí?

UN LEÓN HERIDO

6 de Marzo de 2020

Ricardo y yo, sentados en el portal detrás de la planta de producción y con vista hacia los viñedos, conversamos un rato.

—Lucciano, amigo ¿qué hago? Me muero, estoy ahogado. Siento un dolor intenso en el estómago, no duermo, no como, no tengo deseos de hacer nada y no tengo salida; no puedo ir a verla, no soporto estar aquí, cada segundo es una pesadilla. Sí, eso es, quizá si despierto sea una pesadilla, esto no está pasando, no es real. No aguanto pensar que esté en brazos de otro que no sea yo.

—Sabías que así era y así debe ser. Tú te enamoraste de ella sin pensar en el riesgo, sabías que la boda se llevaría a cabo.

—Pero ¿por qué? Andrea no la ama, yo si la amo. La amo tanto que nadie la amará igual.

—Eso ya está decidido y debes alejarte, ya la amistad no va a funcionar si tú estás en esa posición. Ellos estarán bien.

—Aquí el único perdedor soy yo. No quiero vivir, no puedo vivir. ¿Qué haré? estoy desesperado.

—Mira, tienes que salir, buscar otras chicas, intenta hacer tu vida. Piensa que ella no vale la pena, piensa en los momentos malos, no en los buenos.

—Ése es el problema, no hubo momentos malos, no discutimos, no le fui infiel, no le mentí, nunca la ofendí, no la lastimé. Ella dice que le escribí diciéndole que lo de ella no era amor, que era jodedera y eso es mentira. Yo nunca he dicho algo así.

—Para ella puede ser cierto que lo dijiste, pero para ti es mentira. Quizá si recibió esos mensajes desde tu móvil.

—¿Por qué dices eso? Sabes que jamás le diría algo así, es mi amor, la respeto, la he respetado desde siempre.

—Esto va a ser difícil… sé que no fuiste tú, pero necesito que me prometas que si te lo digo, no complicarás las cosas.

—No entiendo, dime de una vez.

—Si te lo digo prométeme que no tomarás represalias y que los dejarás en paz. Yo estaré contigo para superarlo.

—Te lo prometo, te lo prometo.

Le comenté lo que yo había visto:

—La otra noche, mientras cenábamos, estabas en conversación abierta con Romina, dejabas el celular en la mesa y cada vez que te levantabas e ibas a la cocina, en cuanto entraba un mensaje, Andrea tomaba tu celular, leía y algo escribía. Lo sabía por su sonrisa y lo dejaba en su lugar. Nunca supe qué era, pero sabía que no era nada bueno. Y si él escribió eso era para separarla de ti; no sé si recapacitó y están enamorados, pero creo que estaba intentando todo por volver con ella. Si te sacaba del cuadro él tendría todo el panorama para él solo. Igual lo tiene, no lo necesitaba, pero quizá quiere evitar que la familia se entere de lo que pasó entre ustedes y lo mejor para él es que ella te termine, así seguirá siendo tu amigo.

—Está bien, los dejaré en paz, pero intentaré recuperarla.

Ricardo llama a Romina:—Hola, mi amor.

—No me llames, escríbeme al correo y no me mandes fotos ni nada, sólo si yo te las pido.

—Necesito hablar contigo.

—Hazlo por correo. Mantendré mi correo para que me escribas ahí y yo te contestaré cuando pueda, te lo prometo.

—No fui yo el que te escribió eso el otro día.

—¿Cómo que no fuiste tú? Era la conversación que teníamos y te pregunté si te ibas a acordar mañana al día siguiente de lo que me estabas diciendo.

—Te dije que sí, no veía que hubiera nada malo en lo que te decía, pero hoy, revisando la conversación, miré cosas que yo no escribí. Y es que dejé el celular en la mesa mientras atendía la cocina y regresaba, normal y confiado, pero alguien leía y contestaba como si fuese yo.

—Eso no es posible, ¿quién iba a hacer eso? Además, es tu responsabilidad.

—Es alguien que quiere separarte de mí y que cobardemente me ha hecho esto y lo sé porque me lo dijeron y si no me lo hubiesen dicho yo nunca hubiera revisado lo escrito; nunca me hubiera enterado y ahora siento rabia y vergüenza. Yo sé que salió de mi celular, pero te juro que no fui yo.

—Aun así, ya no se puede remediar nada, todo ha sido tan difícil para mí. La pasé muy bien contigo, fueron cinco maravillosos años y siento que tú no los valoraste. Sólo necesitaba que me llevaras contigo, hubiera vivido en una cabaña, sólo eso te pedía, pero tu orgullo no te dejó. Tú querías un castillo y eso no llegará nunca.

—Sí llegará, te lo prometo. Aunque no lo creas, viviré para demostrártelo y cuando lo tenga te lo daré. Viviré por ti y para ti, no tengo más nada que hacer e iré y te robaré de nuevo. No, no te robaré, recuperaré lo que me pertenece, lo que es mío, lo que me robaron.

—No regreses a buscarme, yo no te he dado esperanzas.

—Todo cambia y yo estaré preparado, estaré para ti cuando otros te fallen, porque yo sí te amo. Ruego a Dios y pido a Dios todos los días. Estás en mis oraciones, esperaré ese milagro, que no se lleve a cabo esta boda, que no estés con Andrea si no estás conmigo. Ni mía ni de él. Que recapacites y regreses a mí, yo estaría contigo aunque no me amaras. Si regresas a mí, te juro que me volvería loco, te amaría, me encargaría de enamorarte de nuevo y no te dejaría ir nunca más. Me compraría una pistola y al próximo que intente robármela lo mato. Juro, que lo mato.

—Já, já sí que estás loco. Sabes que desde mucho antes de tu llegada ya estaba pactado, tenía que suceder.

—Es cierto, debo calmarme y dejarte en paz, pero volveré por ti. Ahora seremos amigos.

—Me alegro de que lo tomes así. Yo te escribiré cuando pueda, te lo prometo y puedes escribirle a mi madre cuando quieras saber de mí. Yo estaré bien, prométeme que vas a ser feliz. Yo te di lo mejor de mí, me entregué a ti. Mi Perri, lo siento mucho.

—No es cierto, intenté todo y ahora que podíamos estar juntos, tú te alejas y me dejas destrozado. Hiciste pedazos nuestros sueños, teníamos planes.

—Sí, olvidé que teníamos planes, lo siento de verdad. Tú sigue adelante, te irá bien. Yo he sido tu sapito de mala suerte, ahora sin mí te irá mejor.

—Sigues con eso… no quiero estar sin ti. No eres un sapito, sabes que yo no creo en esas cosas y si fueras un sapito aun así quiero tenerlo conmigo siempre.

—Te dejo. Tengo cosas que hacer y si se enteran me meteré en problemas. Déjame, ciao. No debes venir a la casa, ya sabes… "Quédate en casa". Ni yo podré salir, tampoco Andrea, él deberá estar en su casa.

Ricardo, angustiado, me llama para contarme todo y tener compañía. Se recuesta en su cama y de pronto mira el regalo de Amelia sin abrir.

—Amelia… mi Amelia, hace tanto que no le escribo. Lo que es la vida Lucciano, mi Amelia no le corresponde a quienes están enamorados de ella por amor a mí. Ella está enamorada de mí y yo no le correspondo. Yo estoy enamorado de Romina que ya no quiere estar conmigo… y Romina estará con Andrea, que no la ama.

Abrió el paquete y en él venía un llave USB, una foto juntos a caballo cerca de los Corteza y una carta. Ricardo miró la foto y dijo: «Amelia… no te merezco, eres demasiado buena para mí. Dios te colme de cosas buenas en tu vida». Abrió el sobre y leyó la carta:

Para ti, mi querido Ricardo.

Hola Ricky. Ya no se acostumbra a enviar cartas como antes. Pero al menos puedo escribirla y entregártela personalmente, aunque cuando la leas estarás muy lejos de mí. Sabes que siempre soñamos lo mejor para nosotros dos, mientras crecíamos, estudiamos, jugamos y soñamos juntos. Te conozco mejor que tus padres y tus hermanos, si estuvieras aquí seguiríamos soñando, pero desde que empezaste a viajar a Europa sentí que te iba perdiendo poco a poco. Yo sigo aquí, ranchera humilde, esperándote. Sé lo maravilloso que eres, te esperaría una eternidad. Cualquier mujer que tenga la dicha de tener tu compañía, será dichosa e inmensamente feliz. Me enseñaste a pensar como piensas tú y me fui enamorando como enamoras tú. Quizá no te das cuenta pero yo presiento que te has ilusionado con alguien más, lo sé porque aun cuando regresas a ver a la familia, algo de ti se queda en Europa. Sé de tus planes de quedarte en Italia, por eso he decidido darte un regalo para que no nos olvides. Esta es tu casa, tu tierra y tu gente que te ama y que te espera. Sé que Romina es muy hermosa, in-

teligente y de clase aristócrata, dicen que es la prometida de Andrea, quien de paso es un chico elegante, muy hermoso, inteligente y hombre de negocios de la alta sociedad. Yo no me fijaría en él aunque sea un galán educado, ellos hacen una linda pareja. No sé qué tan involucrado estés con ellos y me temo que saldrás lastimado, pero te conozco tanto que estoy segura de que correrás el riesgo. Por eso te regalo una canción. Escúchala y piensa en mí.*

Ricardo dobla la carta y murmura: «Mi angelito bello, perdóname». Besa la fotografía, suspira profundo y saca el USB. Me pide que lo conecte para ver qué trae. Le subí el volumen:

PATRIÓTICA COSTARRICENSE

Costa Rica es mi patria querida,
Vergel bello de aromas y flores
Cuyo suelo de verdes colores
Densos ramos de flores vertió.

A la sombra corrí de tu palma,
Sus sabanas corrí siendo un niño,
Y por eso mi tierno cariño
Cultivaste por siempre mejor.

Yo no envidio los goces de Europa,
La grandeza que en ella se encierra;
Es mil veces más bella mi tierra
Con su palma, su brisa y su sol.

La defiendo, la quiero, la adoro,
Y por ella mi vida daría,
Siempre libre ostentando alegría
De sus hijos será la ilusión.

Desde que inició el himno, Ricardo se aferró a su almohada, la mordió y lloró, lloró como un niño; de dolor, angustia y nostalgia. Para mí fue desgarrador y no puedo negar que lloré. Con rabia interna, me preguntaba: «¿Y cuánto más voy a llorar por culpa de Ricardo?» Al terminar me dijo:

—Amelia tiene razón ¿qué hago aquí? Tengo todo allá, mi familia, mis animalitos, mi finca y quizá el verdadero amor. Y aunque estoy convencido de que todo lo tengo en Tiquicia, mi alma y lo más preciado está aquí y no quiero renunciar a mi amor, no renunciaré a Romina. Amelia me conoce mejor que nadie, cuánta razón tiene. Dios me la premie con un buen hombre que la haga feliz. Yo no nací para renunciar, ni muerto me apartarán de ella. A Romina la veré casada con Andrea, mi hermano del alma y entonces, sólo entonces me iré, pero mi esencia de amor eterno será sólo de Romina. La amo y la amaré hasta mi último suspiro.

LA FAMILIA DE RICARDO

7 de Marzo de 2020

Ricardo, angustiado por lo sucedido, habla con su padre y le cuenta lo que está sufriendo y las razones por la que está destrozado y que la situación por la enfermedad que azota el mundo no le permite regresar a casa y que deberá estar en cuarentena en Italia, con el corazón destrozado por la ruptura de su relación con Romina. Don Beto simplemente lo lamenta y trata de darle apoyo:—Hijo, recuerda que aquí hay alguien esperándote. Sí, hijo, Amelia pregunta por ti siempre, ella te ama. No es que yo no quiera a Romina, ella es una chica hermosa, maravillosa, pero si está complicada tu relación con ella, piénsalo bien, aquí puedes rehacer tu vida con una chica de nuestro nivel y que te ama en silencio.

—Sí, lo sé, sééé. Dale mis saludos, dile que estoy bien y en cuanto pueda regresaré. Pero papá, aunque Romina me diga que no me ama, estoy convencido que me miente por alguna razón. Me ha reclamado que no me la llevé a tiempo, que no le di lo que ella quería; pero papá ¿cómo saberlo si esperaba darle lo que merece? No puedo ofrecerle una cabaña y una vida de campo.

Ella… ella es una princesa y debo ofrecerle un castillo con jardines y una vida a su estilo. Aunque me diga que sólo quería una casita y estar a mi lado, eso significa mucho para mí, porque está claro que me ama tanto como para hacer esa locura y enfrentar, o más bien abandonar a su familia. Papá, sabes que yo no haría eso de dejar a mi familia, ni aún por ella. Bueno, quizá sí lo haría. Perdóname, papá…
—Ricardo se suelta en llanto desconsolado.

—Hijo mío, regresa, te lo suplico —dice Don Beto llorando también—, ven a casa y arreglemos todo, hazme feliz. No me hagas sufrir así y piensa en tu madre. Tendré que buscar la manera de que no se entere y para explicárselo, debo pensar muy bien qué decirle y de paso aguantarme este pesar. Ella me conoce muy bien y tan sólo con el tono de voz sabrá que le miento. A Romina déjala que siga su vida con Andrea, no seas cabezón; Aquí esta Amelia que te ama y es tan linda como Romina y está más a tu altura, ella es de campo como nosotros, tendrás una maravillosa familia. Ven, por favor.

—No papá, aún no se puede, no hay vuelos y en las condiciones que estoy no es recomendable ir. Estaré bien, te lo prometo, y cuando todo se normalice iré. Cuida de mi madre y de mis hermanos. Bueno, cuida de todos, pero sobre todo cuídate, que los amo mucho. Sólo quiero que lo sepas. Quiero volver a verlos y haré lo que me pides, el tiempo curará mis heridas.—Gracias, hijo, me tranquilizas. Te esperaré y no te preocupes, que aquí no habrá ese mal. Somos conscientes de lo que está pasando en el mundo y nos preocupamos por ti, pero aquí también tomamos precaución. Que nadie sufra una pérdida de esas.

Lo que ocurrió luego de esa conversación, unos días después, Ricardo me lo compartió. Sucedió una acción de amor de una manera increíble. Me pidió que hablara con Romina y le pidiera que por favor le atendiera en el balcón de su casa, que no la molestaría, sólo quería compartir algo con ella. Así lo hice, convencí a Romina de permitir a Ricardo visitarla por la tarde en el balcón de su habitación y ella bromeó:—Que venga con su mascarilla y guantes y que se mantenga a distancia.

—Listo, se lo diré —respondí sonriendo.

Esa misma tarde se presentó vestido elegante al pie de su balcón, como en esas películas de romance y con un ramo de rosas. Hincado, inclinando la cabeza, le dijo:

—Hola ¿cómo está mi princesa?

—Habla pronto que debo descansar temprano —le dijo con una seriedad extraña en ella.—No me trates así, no es justo y tampoco es necesario. Si hemos de continuar nuestros caminos por separado, al menos no digamos nada que nos hiera. Nunca lo hicimos, ¿por qué habría de ser ahora? Quería sólo comentarte que tengo solucionado lo de la casita, la compraré para ti. También se cancelaron las deudas de mi familia y podemos comenzar una nueva vida juntos. Por favor, dame una oportunidad.

—No has comprendido ¿verdad? Ya es demasiado tarde, se acabó. Tuviste la oportunidad y ahora ya no... ¿Y cómo es que ahora sí puedes?

—Es que mi padre se enteró y la familia, bueno, eh... mis hermanos y mis padres se reunieron y como ya pagaron la deuda... —llorando hace una pausa en silencio— somos familia y eso es lo que hace una familia: luchar, ayudarse, apoyarse incondicionalmente, que todos sean felices; unir a sus seres queridos para que sean felices, no separarlos y hacerlos sufrir —suspiró profundamente—, y lo que ahora han hecho por mí es increíblemente maravilloso. Mis hermanos juntaron sesenta mil dólares entre todos y mi padre... vendió la finca de Guanacaste y todos los animales en doscientos cincuenta mil dólares, por eso le pagaron al banco. Quedaron cien mil dólares y mi madre solicitó hacer un nuevo préstamo al banco y ofreció hipotecar la casa y la finca por otros doscientos cincuenta mil dólares más. Con eso y mis ahorros puedo ofrecerte algo mucho mejor.

—Ricardo, qué hermoso gesto, sí que es maravilloso, pero tienes que hacer tu vida; ya no es por la casa ni el dinero. En verdad, qué gesto tan bello el de tu familia, pero mejor no arriesgues más y déjame. Sabes que nosotros y la familia de Andrea no necesitamos ese dinero y que estaremos bien. Tuviste la oportunidad, te lo repito, fueron cinco años y de verdad te agradezco que me ames así. Yo fui muy feliz estos cinco años contigo pero ya debo hacer mi vida. Deseo que estés bien... prométeme que estarás bien. Mi perrito, cuídate ¿sí?

—Pero… ¿es que no ves que te amo, que tengo una familia que te ama? ¿Cuál familia se reúne y se sacrifica por alguien de esta manera? Yo estoy tan feliz de tener esta familia y quiero que estés en ella, que estés en mi vida y nunca dejaré de luchar por lo que amo. Me perteneces y volveré por ti, te recuperaré; vendré por ti porque sé que me amas, lo sé. Te compraré la casa y te la daré, verás que así será. Yo cumplo mis promesas. Tú las has tirado todas a la basura y mi venganza será amarte toda la vida. Romina te amo, te amo demasiado. Tú me enseñaste a amarte y no me enseñaste a olvidarte.

—Seguro me odiarás, pero debo dejarte.

Llorando desconsolado, de rodillas en el césped, con la mascarilla empapada en lágrimas, respondió:

—Odiarte jamás… ¿Cómo odiar a la persona que más amo? Y no podré abrazarte tampoco, porque estarás con otro. Pero te amo tanto y te amaré igual una eternidad. ¿Por qué no puedo recibir una oportunidad? Es como un disparo a traición, sin oportunidad de defenderme. ¿Por qué esta crueldad si yo no te hice mal alguno? Lo único malo fue amarte así….

Romina cerró la ventana de su balcón y seguramente se desplomó desconsolada en su almohada. Ricardo continuó su llanto casi tumbado en el césped. Yo no paré de llorar también, ese era un cuadro desgarrador e inhumano. Los amo a los tres y desearía que todo fuera más fácil. Estoy convencido de que quienes deben estar juntos son ellos dos, Ricardo y Romina. Como está escrito con dos "RR" en aquella piedra que enmarcaron en la Isla del Coco. Sí, hay un riachuelo que desde la salida al mar hasta adentrarse en la montaña tiene marcado el sello de los pasantes a través de cientos de años. Los primeros piratas o viajeros dejaron su sello en esas piedras que datan del siglo XVII, hasta el último hecho por este par de locos. Ricardo llevó herramienta moderna, mazo y cincel, porque él conocía el lugar y dejó escrito en piedra su amor por Romina. Allí estará como su espíritu, por una eternidad, "R y R". Así debería ser, es un amor limpio, fuerte, sano, saludable y como lo dijo Ricardo: «Amor en familia». Este romance si está limitado por las circunstancias, ella podría escapar pero no lo hace por amor a su propia familia. Él podría hacer algo más pero no lo hace por respeto y amor a los suyos y porque sabe que irrumpió como un intruso en una relación, aunque le permitieran hacerlo. Ahora ella regresa con quien estaba antes de conocer a Ricardo. Ricardo tiene un sentimiento muy fuerte que no existen palabras para expresarlo, es un amor más allá de la razón. Sé que Romina también, pero algo sucedió que no nos han contado.

Ricardo regresa a su habitación, quizá a recuperarse, quizá a curar sus heridas o quizá a dejarse morir. Allí va un fantasma, creo que trata de que la gente no lo note, pero va sangrando en el camino. ¿Quién no lo notaría? Pero la gente no sabe la verdad, podrían pensar que va borracho y sí, va borracho, pero de amor y dolor.

Al llegar a su habitación me llama para que le acompañe y ahí estoy con él. No consume alimentos, sólo agua y café, es lo único que ingiere por varios días. No duerme, se la pasa despierto toda la madrugada y me tiene en vela. Me siento agotado, pero no puedo abandonarlo.

—¿Sabes, amigo? He pensado en quitarme la vida.

—Estás loco, no digas tonterías.

—Ahora entiendo a los que se suicidan por amor. Se alcanza un nivel de valor para hacerlo, que en su sano juicio nadie haría, pero estoy experimentando ese sentimiento de no querer vivir. Mi vida no tiene razón de ser; sin Romina, no quiero vivir. No quiero, no soportaré verla con otro aunque éste sea mi amigo, mi hermano del alma. Entiendo las razones, no creas que no lo he pensado, pero mi vida será una pesadilla eterna y no veo la salida.

—Sé cómo te sientes, yo también estoy devastado, triste y cansado con esta situación de ustedes. Y no hay salida, el milagro que pediste no llegó y no llegará. Sólo seguiré aquí cuidándote, así también Romina me lo pidió y juré hacerlo.

—¿Ella te lo pidió?

—Sí.

—Me ama, yo sé que la obligaron. Ella me ama, no es justo. Nos arruinan la felicidad. ¿Por qué? ¿por qué? Dios ¿por qué lo permites? Llévame, me quiero morir...

Y del Universo la respuesta: "Tus deseos te serán concedidos...".

—Cuidado con lo que pides, las cosas llegan, pero no como tú las quieres, sino como el Universo lo entiende. Me lo enseñaste, me lo repetías siempre.

—Ahora me da igual, no tengo deseos de nada.

—Piensa en tu familia, tu madre, tu padre, tus hermanos, Amelia. No seas egoísta, ellos también te aman y sufren por ti. Ahora deben estar devastados, impotentes. Tú puedes cambiar las cosas, tienes en tus manos el poder de cambiarlo todo, pero tu familia no y te aman, lo sé, ya los conozco tanto como a ti. Siento que son mi familia también. Piensa en mí.

Ricardo me miró. Sus ojos estaban hundidos en otro lugar, no sé cómo describir esa cara y su tristeza, pero de a poco sonrió y yo sonreí. Siempre lo hizo, se acercó a mí y me abrazó por primera vez...

—Lucciano, ¿qué clase de hombre eres? ¿qué clase de amigo y hermano eres? Cuánto me alegro de que llegaras a mi vida. Yo te encargaré mi vida y la de mi amor, cuidarás de ella, prométemelo. Yo buscaré ayuda, ya sabes, un psicólogo, ayuda espiritual, no sé, todo lo que pueda encontrar que me ayude a sacar esta pena que no me deja respirar. Me ahoga, me duele, me quita la vida. Si estuviera en la finca en la catarata, en mi poza, seguro que me sacaría esta pena. Allí está mi medicina.

—Sí, así me gusta que pienses. Amigo, tómate esta sopita de pollo que te hice, no es igual a las tuyas… ésta es mejor —dije riendo. No fue muy difícil sacar esa sonrisa con ese chiste que se me ocurrió, aunque esa sonrisa fuese sarcástica. Ahí continué a su lado por varios días, mientras que también atendía los mensajes y llamadas tanto de Andrea como de Romina. Mintiendo muchas veces, decía que Ricardo estaba tranquilo, que no se preocuparan por él, pero en realidad era como tener a un animal salvaje encerrado. A veces tenía momentos de paz y otros lloraba y rabiaba hasta quedarse rendido; dormía diez minutos e imagino que su cerebro sólo estaba enfocado en Romina. Sus pensamientos estaban ardiendo por el desamor, tantos sentimientos negativos que yo no podía manejar por él. Yo deseaba que el tiempo pasara volando y que todo fuese como antes, pero eso ya no sucederá, algo se rompió, pero recordando las pláticas filosofales de Ricardo en tiempos positivos, pensé: «Algo debe estar por suceder». Nada es por casualidad, pero un extraño sentimiento me hacía meditar también. Lo que hemos deseado, se ha realizado de una u otra forma. Los deseos de cada uno se han materializado para bien y para mal y todos deseamos un milagro, pero ¿qué clase de sorpresa nos traería el mañana?

LA ENFERMEDAD DE ANDREA

10 de Marzo de 2020

Ricardo, un poco más calmado pues con el cierre de los aeropuertos y las fronteras, además el toque de queda por noventa días, se vieron forzados a cancelar la boda o al menos a posponerla hasta que pasara la situación. Se veía a un Ricardo más tranquilo, sonreía con malicia y picardía, así como «¿Ves? te lo dije».

Pero de a poco, en los días siguientes, vi a Ricardo apagado, con los ojos hinchados y rojizos; utilizaba lentes pero no siempre. Al escribir se los quitaba, o al hablar conmigo. Durante esos días la planta y el restaurante se mantenían cerrados. Eran tiempos difíciles, se detuvo la producción, se paralizó el negocio y llegaron las noticias alarmantes. De pronto Andrea llamó a Ricardo, pensé lo peor y fui por si me necesitaban.

Al llegar a las habitaciones de la planta encontré a Andrea, tosía y se veía cansado; pidió que entráramos y así lo hicimos.

—Sigo con este resfriado, no me siento bien, no he mejorado nada. No quiero estar en casa para no preocupar ni alarmar a nadie, ya sabes. Vengo llegando de la gira por Asia y podría causar pánico en la familia y allegados. Pedí a mis padres permiso para estar aquí en mi habitación de campo, aquí tengo con qué estar ocupado; puedo caminar y cabalgar por los viñedos y puedo ir a la colina.

—Vamos te llevaré a la clínica, amigo —dijo Ricardo.

—Ricardo tiene razón, vamos —agregué yo.

—No, no, es sólo un resfriado. Tomaré unas medicinas que traje y haremos un té especial. Romina no debe enterarse, ya sabes que no queremos preocuparla. La he visto triste y distante estos días, me dijo que quiere hablar conmigo de algo importante y no quiero que me vea así y mucho menos ponerla en riesgo. Le pedí que me dijera, pero quiere ir a la colina, a nuestra colina. Sí debe ser importante porque si no, no saldría de la casa. Ricardo, sabes que lo siento mucho, quizá ella no me ame y presiento que me lo quiere decir. ¿Qué podría tener más importancia que romper conmigo ahora que ya está establecida la fecha de la boda? Quizá te ame mucho más a ti, pero el plan debe seguir. Ella ha sido obligada y amenazada por su familia, mis padres sí me perdonarían que no nos casáramos porque al final de todo es mi decisión y mi felicidad. Te prometí que intentaríamos algo al final, pero no se pudo. Debes entendernos.

—Está bien, lo estoy asimilando, ahora lo más importante es tu salud, deberás cuidarte. Me quedaré contigo, te quiero tanto y te aprecio… no sabes cuánto.

—¿Es en serio? ¿esa clase de amigo eres? Te he lastimado y sigues a mi lado como perrito huevero.

—Yo llegué y entré en la vida de ustedes dos. Fui inmensamente feliz, tuve una vida de cinco años maravillosa. Toda mi vida se podrá resumir a esos cinco años y si pudiera volver a vivirlos lo haría y quizá hasta podría cambiar algunas cosas, pero ya es demasiado tarde, los «si hubiera hecho» no existen, es lo que hacemos y ya. Lo que tiene que pasar pasa y punto. Deseo que ustedes sean felices, aun no entiendo por qué decidiste regresar con Romina si te habías ido y enamorado de Gissella. Al menos nos hiciste pensar eso, que lucharías por ella.

—Lo siento, Gissella se fue con otro y ese vacío sólo Romina podría llenarlo.

—¿Qué? o sea, a ver si entiendo… ¿regresas a Romina porque te dejaron? Me quitas la ilusión de vivir y de paso estropeas la vida de Romina y la tuya, porque ustedes no se aman.

—Ricardo, en nuestra sociedad no se mide así, hermano. Quizá ustedes los latinoamericanos sean tan románticos, tan fieles y de buenos principios y no existe la clase aristócrata en la que nos tocó vivir a Romina y a mí. Aquí nos sacrificamos por la sociedad, fingimos ante la gente y de paso aprendemos a estar juntos y a tener familia, un hogar, negocios y siempre ha sucedido así y seguirá sucediendo así. Lo que llamamos amor, se vive en secreto. Sé bien que Romina no es así, pero deberá cumplir por su apellido y su familia… y será fiel a mí.

—No es justo, eso no es vivir. Romina conoció lo que es amar de verdad, sentir la pasión en cada fibra, en cada acorde, en cada sensación, en cada pincelada. Y es más valioso vivir a plenitud el amor, que fingir ser feliz, vivir el gozo del abrazo, del beso y los juegos de amar en una cabaña en la montaña, en el mar… que intentar vestirse de farsa, de mentira, en un vals de arrogancia en el gran salón de un castillo.

—Es cierto, lo viví con Gissella, lo sentí en ella. La perdí por todo lo que dices y por estar enfocado en los viajes y los negocios. Gissella no estaba preparada para vivirlo así; Romina en cambio, sí comprende este estilo de vida.

Mientras seguían en su conversación, yo miraba a Ricardo preparar el té, darle sus medicinas y una sopa de pollo que me recordó el encuentro la primera vez.—Andrea —le pregunté—: ¿Qué tal la sopa?

—Igual que la primera vez, ya empiezo a odiar esta sopa —respondió riendo.

El teléfono sonó.

—Es Romina, quédense callados. Hola amor… ¿estás bien?

—Sí, estoy bien… y tú ¿te fuiste a la planta? Eso me dijo la señora Fiorella.

—Sí, me trasladé a la habitación de la planta… No, no pasa nada. Sí, por aquí está —preguntó por Ricardo—, debe estar en su habitación, claro que no discutimos; no te preocupes, no lo mataré… es broma. Sí, amor, estoy un poco resfriado. Lucciano vino a prepararme unas medicinas y Ricardo me está cuidando también. Sí, ya te paso a Lucciano…

—Hola, Romina. Sí, se siente resfriado pero ya le preparamos una sopa, un té y tomó sus medicinas. Lo cuidaremos y cualquier cosa te avisamos. Sí, él también está aquí… sí, sí, lo veo tranquilo. Así es, somos hermanos, amigos y familia. Se los diré, será cuando se recupere. Está bien, Ciao —colgué y les dije:

—Preguntó por Ricardo y se alegró de que estemos los tres juntos, dice que desearía poder venir, traer unas botellas de vino y que Andrea ponga los quesos y el Prosciutto, que Ricardo haga la focaccia y que estemos los cuatro, pero eso es ahora imposible.

—¿Ves, Ricardo? Siempre pregunta por ti. No sé cómo viviré casado con ella, sabiendo que piensa en ti.

Ricardo sólo hizo un gesto, encogió los hombros tristemente y continuó su preparación.

Esa noche Andrea no dejaba de toser e ir al baño y la temperatura le subía y bajaba, pero no paró de tomar su medicina. Ahí estuvimos Ricardo y yo cuidando de Andrea. Por la mañana tomamos un vehículo y decidimos llevarlo a la clínica. Al llegar eso era increíble, abarrotado de gente enferma. Cubrimos la cara de Andrea con un abrigo para evitar ser reconocido y evitar comentarios.

—Debemos avisar a tus padres —dijo Ricardo—, sería muy irresponsable de mi parte no hacerlo. Si te pasa algo, ni yo me lo perdonaría, les llamaré. Además, iré a la farmacia a comprar mascarillas, guantes y un gel de manos, ya regreso.

—Está bien, amigo, hazlo; pero diles que después de la atención iré a casa, a menos que me dejen aquí. De ser así, tú les dirás.

—Está bien.

Después de tres horas lo atendieron. No reclamamos porque realmente había mucha tensión por la situación crítica. Solamente le recetaron unas pastillas y otro medicamento que pasamos a comprar a la farmacia y de paso compramos mascarillas y alcohol en gel para llevar a las familias. Lo llevamos a su casa y nos aseguramos de prevenirle de cuidarse, de mantenerse a distancia y tomar todas las precauciones en el hogar. Pero Andrea insistió en regresar a la habitación de la planta aduciendo que estaría mejor ahí, ya que podría salir a caminar por el viñedo y que se mantendría en contacto con ellos.

Romina llamó en varias ocasiones y Andrea le insistió en que todo estaba bien, le pidió que se cuidara mucho, que quería que ella estuviera bien y se verían cuando todo pasara.

Andrea parecía haber olvidado algo importante, entonces pensó y dijo:

—¡La boda, hay que reprogramarla! ¡No nos podemos casar así!

—Ya está suspendida —confirmó Romina—. Ha sido una decisión tomada en familia, pues de todas maneras no se permitirán ceremonias, ni ningún tipo de eventos sociales. El pueblo y el país están en cuarentena.

Si hubieran visto la cara de Ricardo... el gozo no le cabía en el pecho. De estar en su bosque Los Bobos hubiera asustado a todos los animales con su grito de alegría. Pareciera que el milagro aún estaba en camino.

La situación continuó difícil para Andrea, por lo que volvimos a llevarlo al hospital; esta vez tenía complicaciones al respirar. Intentamos aligerar la atención buscando amigos de la familia y así lo hicimos y logramos pasarlo directo a atención de emergencias. Mas sin embargo no había camillas ni respiraderos disponibles, por lo que lo atendieron y estuvimos toda la noche en el hospital acompañándole. Por la mañana apareció mi madre Giulliana con un doctor amigo y movieron todas las influencias. Injusto, sí, pero nos importaba mucho la vida de nuestro hermano. Trajeron una camilla y lo trasladaron adentro sin permitir que nadie lo acompañara. Eso sí, antes de ingresar, Andrea llamó a Ricardo y le solicitó algo. Luego vi a Ricardo entregarle un block de notas y un bolígrafo. Dejó su celular con Ricardo y le dijo: «Nos vemos por la mañana, mi hermano del alma, tenemos que regresar a Costa Rica; me gustó tu noviecita Amelia, aún podemos hacer un intercambio. Truco o trato». Dijo con una sonrisa inusual en él.

—Infeliz, cabrón. Enfermo y haciendo bromas.

—Si Romina llama, dile que todo está bien y que pronto estaremos todos juntos de nuevo, lo prometo. Trata de hacerla sentir bien y segura, mientras mejora mi salud.

—Así mismo será. Sólo haz todo lo posible por estar bien pronto, eres joven y muy fuerte, te esperaré aquí. Te quiero mi hermano, te quiero con toda mi alma.

Romina llama muy seguido y le digo como están las cosas y que Ricardo está aquí con nosotros y ella me pide que le pase el teléfono.

—¿Haló? Ricardo, gracias por cuidar de Andrea, te lo agradezco de todo corazón. Quisiera estar allí, pero no me dejan. Tengo prohibido salir y tengo algo que decirle a Andrea que no me aguanto más, estoy ansiosa por decírselo, es urgente... Bueno, primero debo conversar con él y luego quiero hablar contigo al respecto, pero necesito decírselo a Andrea primero.

—¿Qué es? Yo se lo digo —dijo un poco excitado.

Luego de lo conversado con Andrea, en tono seco y serio, pero parecía que presentía que lo que Andrea pensaba, eso era lo que sucedía, que ella estaba pensando en romper con Andrea y volver con él. Eso era lo que más deseaba...

—Dime lo que deseas decirle, yo se lo haré saber.

—No, no. Es algo personal y quiero aclararlo primero con él para luego hablar contigo. Estoy muy ansiosa y nerviosa, perdóname.

—Bueno, ya mañana se lo podrás decir. Él va a estar bien.

—No... eh... bien, es que estoy impaciente y siento algo extraño, que no me aguanto... lo siento, estaba desconcentrada. Me avisas si tienes noticias.

—Bien, descansa.

Así pasamos la noche ahí en el hospital mirando el ir y venir de la gente, el llanto y las caras agotadas de las enfermeras y doctores, y al día siguiente mi madre nos llamó:

—Andrea está estable y quiere verlos. Pasen... Nos llevó hasta él, que estaba inclinado y riendo.

—No se van a quedar sin mi par de... —y los tres reímos. Queríamos abrazarnos, pero la enfermera no lo permitió.

Entonces Andrea le entregó una carta a Ricardo.

—No la abras todavía, a menos que yo no esté presente. Anoche tuve tiempo de pensar en muchas cosas, tantas cosas bellas que hemos vivido y las que nos faltan por vivir; sin embargo, la vida es un manto de cristal y se puede romper en cualquier momento. Si eso pasara quiero pedirles a ambos que cuiden de Romina, que nunca le pase nada, que no sufra y que sea muy feliz… No me interrumpan, esto es en serio. No es fácil decir esto. Sé que estaremos bien, pero si no llegara a estar bien, deben prometerme que cuidarán de ella. Entonces y sólo entonces, Ricardo podrá volver con Romina. Pido en mi carta el aval de las familias para consentir que Ricardo llegue a ser parte de la familia en mi lugar. Les explico lo sucedido, me vuelvo a confesar, pero esta vez con el alma. Pido a mis padres que respeten mi último deseo.

Ricardo soltó en llanto y lo abrazó, la enfermera corrió a separarlos; sin embargo, Andrea asintió con la cabeza mientras lloraron juntos. Yo tuve que retirarme al baño a refrescarme y luego, cuando regresé, ese par de cabrones estaban conversando y sonriendo.

Ricardo me miró y me dijo:

—Tranquilo, lo llevaremos a casa hoy mismo, está mejor que nosotros. Le avisaré a Romina para que se ponga feliz.

Y así mismo fue. Esa tarde lo llevamos a su habitación, sus familiares se comunicaron con Andrea y manteníamos el protocolo del distanciamiento social. Su madre quería verlo para abrazarlo, pero Andrea insistió en verla después, pero le dijo a voz fuerte que la amaba tanto, que le agradecía por la vida y por todo lo bello que le había enseñado esa dama, la señora Fiorella: Elegante, hermosa y refinada.

—Hijo mío, siempre has sido libre, desde que naciste corriste de mis brazos buscando abrir las puertas y saltar al mundo; nunca has cambiado, estoy orgullosa de ti.

—Y yo de ti, madre mía. La mujer más hermosa de toda Europa y del mundo. Te amo.

Nos retiramos a la planta y ya estando en las habitaciones se presentó Lorenzo, padre de Andrea y sentados a una distancia prudente conversaron amenamente, gozaron y hablaron de lo orgullosos que se sentían el uno del otro; planearon lo que harían cuando todo pasara. La verdad se respiraba una paz que deseábamos fuera eterna, pero la situación que vivimos en el hospital… era una crisis increíble. Nosotros no mirábamos noticias, solamente escuchábamos música y yo decidí ir a casa a descansar. Ya eran dos días de mal dormir y Ricardo se fue a su habitación. De pronto Andrea se despidió de su padre y de inmediato nos llamó:

—Escúchenme, par de diablos, quédense. Quiero pedirle a Ricardo que no se emocione mucho. Yo aún estoy vivo y me puedo arrepentir mañana, así que no le cuenten a Romina nada de lo que hemos hablado y la carta será en tal caso para Ricardo. Si yo no estoy, toda mi parte es para Romina y para ti. Puedes dejarle, en convenio con ella, una parte de mis acciones a Lucciano, ese es mi deseo. Ya lo he hablado con ese señor, ese caballero que acaba de salir de mi habitación, hombre de palabra y que respeta lo pactado. Estoy muy orgulloso de ser hijo de Lorenzo Vicenzo, él lo sabe.

—No creo que eso suceda, primero me muero yo que poder gozar de esos privilegios.

—Tómalo en serio, porque además de lo que te he dicho debo pensar claro y como sé que tienes razón, no destruiré la felicidad de Romina.

—Está bien. Estos moribundos que no se pueden ir en paz —rieron, se volvieron a abrazar y esta vez los escuché:

—Ricardo, gracias por haber llegado a nuestras vidas. Te quiero como a un hermano más. Perdona si te hice sentir mal, pero aunque viva y salga bien de esto, la verdad, ya no seguiré con Romina. Ella es tuya, ella te ama con locura, yo sí que lo sé, pero negociamos la boda por las familias. Ella, ella te pedirá perdón cuando sepa que ya lo conversamos y ella se disculpará contigo. Si te dijo que no te amaba, fue para alejarte y no darte esperanzas, pero lloró en mis narices repitiendo una u otra vez cuánto te amaba. Te lo digo porque fue muy difícil tomar esa decisión de sacarte para siempre, aun sabiendo que los tres seríamos infelices; pero ya es mi decisión que los tres gocemos la vida. Yo tengo otras amiguitas... bueno, te dije lo de Amelia, que no es una idea descabellada; es una chica hermosa y tendríamos muchas justificaciones para viajar muy a menudo a tu país, pero también tengo una taiwanesa que es una diosa... —terminó entre risas.

—Si eres un... —no terminó la frase, pero puedo imaginarme cualquier grosería costarricense.

Gozaron y se me quitaron las ganas de ir a casa, por lo que llamé a mi madre y le dije que yo estaba bien. Ella me comentó que se sentía agotada por la cantidad de enfermos y horas en el hospital y que papá debía estar solo y preocupado, por lo que también le llamé. Sí, papá estaba agotado con las clases de matemática virtuales, lo cual era algo nuevo para él. Después hablé con Romina para decirle que este par de hermanos estaban jugando cartas y gozando. De hecho no me creyó, pero habló con Andrea y se sintió tranquila. Ya entrada la noche pudo más el cansancio y nos quedamos dormidos.

Por la mañana, los rayos del sol me despertaron y Ricardo estaba en su habitación, por lo que me acerqué para ver cómo estaba Andrea. Me sentía un poco extraño, miré su brazo caído al piso y su mirada fija, por lo que presentí lo peor y no me equivoqué. Busqué a Ricardo. No le dije nada, sólo que viniera y el entró apresurado y cayó de rodillas tomando su mano y sollozando: «¡Mi hermano» y le abrazó llorando. Yo sólo pensé en Romina y seguí pensando. Ella no debía saberlo porque... porque... lo que ella quería contarle a Andrea, ahora le perjudicaría. Tampoco podía contarle a Ricardo, porque le prometí a Romina mantenerlo en secreto. Ella debería estar en casa y cuidarse, ¿pero cómo mantenerlo en secreto si los padres de Andrea se enterarían? Ahora iría a verla. Hablé con Ricardo de esperar mientras le avisaba a sus padres y me fui a la casa de Romina. Pedí hablar con Valentina y contarle la fatídica noticia, que si Romina se enteraba podría afectarle mucho. Se me ocurrió esa idea y funcionó. Cuando los padres de Andrea se enteraron de que habían perdido lo que más amaban, llamaron a Valentina y a su esposo Adriano. Valentina había tomado el celular de Romina aduciendo que el de ella estaba dañado y que lo necesitaba prestado unos días y que si ella quería hablar entonces se lo daba. Así ganaríamos algo de tiempo y prepararla para la noticia. Ricardo no estuvo de acuerdo y dijo que en cuanto pudiera le notificaría a Romina, pues ella no los perdonaría, que ella era fuerte para aceptar esta pérdida. Ricardo intento llamarle, pero el teléfono lo tenía su madre y lo mantuvo apagado. Además, ahora no era tiempo para entregar la carta ni para cortejos. Habría que esperar varios meses, en especial por la situación en todos los países.

Se tomó la decisión de cremar el cuerpo de Andrea y su madre Fiorella lo conservó. El luto era duro, pero esta vez todos estábamos preocupados por los que quedamos y estuvimos en contacto con Andrea. Sabíamos que él venía de regreso de su viaje a China, Japón y Taiwán e hizo escalas en Irán y Turquía cuando no se habían tomado las precauciones necesarias porque era aún muy temprano y no se sabía de la gravedad de la situación. Además, estuvimos juntos en el hospital.

Ricardo se tomó el tiempo de visitar a Romina con el permiso de sus padres para que le atendiera desde el balcón de sus aposentos. Mientras Ricardo, desde el pie de la cerca, le comunicaba a Romina lo sucedido, los padres de Romina estaban ahí con ella, yo acompañé a Ricardo. Romina, después de escuchar tan triste noticia, le pidió a Ricardo que se fuera, que necesitaba estar sola unos días y que no quería verlo. Ricardo entendió lo sucedido, pero se alejó triste y cabizbajo; lo acompañé buscando la forma de animarlo:

—Recuerda lo que te dijo Andrea, ella te ama. Por ahora debes tener paciencia, sabes es muy duro perder a su prometido y amigo de toda la vida. De verdad debes esperar, dale espacio. Imagina lo que pensarían los padres de ambos, tu corazón debe ser paciente. Ahora ella no tiene otro camino que volver contigo. Además, ella te lastimó y debe pensar cómo hablarte de nuevo. Ya verás que todo va a estar bien… aguántate y no la llames, deja que ella te busque. Necesitará respuestas y preguntar por Andrea, sobre sus últimos días. Créeme, lo hará.

—Gracias amigo, tienes razón, se lo debo. Lo haré.

DEL DIARIO DE ROMINA

20 de Marzo de 2020

Hoy he perdido a mi amigo de toda la vida, el que me prometió estar y cuidarme por siempre. Esperábamos un milagro para que la boda no se realizara, pero no así, no fue lo que pedimos, no a este precio. La boda no se realizó y ya no se realizará. Debería estar feliz por eso, por fin sería libre y podría seguir mi vida con el hombre que amo, pero no a costa de una vida. Debo tomarme un tiempo para decir la verdad, porque ya no puedo ocultarlo más. Hablaré primero con mis padres y luego con Ricardo, estoy pensando en palabras para pedirle perdón, para disculparme, sé que él lo entenderá. Me duele tanto haberlo lastimado. No sé si había otra manera de haberlo separado temporalmente de mi vida sin destrozarlo. Él no sabe que yo también estaba sufriendo, él dijo no creerme que yo no lo amara, él estaba seguro de mi amor. Sé que me perdonará.

AHORA MI OTRO HERMANO

15 de Abril de 2020

Ricardo comenzó a decaer también y me preocupé más. Me dijo: «Tenemos que hablar» y esa tarde fui a la planta de producción, que ya estaba cerrada. Los empleados estaban en cuarentena en sus casas, era una fábrica fantasma. Al llegar me dijo:

—Estoy muy triste y preocupado, estoy lejos de mi hogar, de mi familia y no podré ir a verlos, los vuelos están cancelados. Hablé con mi familia para que se cuiden y me esperen, les he prometido cuidarme, pero sabes bien que estuvimos cerca de Andrea; estuvimos en la clínica y en el hospital con él y otros enfermos. Mira cómo el mundo está cerrando trincheras para detener esta plaga. Estoy preocupado por Romina y quiero pedirte que la cuides por mí, ya Andrea se nos adelantó y yo no sé si me llevará con él. Tengo mis pertenencias y quiero que las cuides con tu vida. En especial mi computadora y mi teléfono. Aquí está el teléfono de Andrea también, en ellos están todas mis comunicaciones, correos, mensajes y fotos con Romina. Si un día has de escribir, sólo escribe lo bello de nuestra historia; además, quiero que me prometas que te quedarás con ella, no quiero que nadie más esté con mi amada Romina. ¿Quién si no eres tú, que eres nuestro amigo, el tercer hermano? Y te pido otro favor: borra todo lo que contiene el celular de Andrea, luego regrésalo a su padre Lorenzo, por respeto a mi hermano.

Me pareció exagerado ¿pero cómo no prometerle algo así? Igualmente lo llevé al hospital, ahí hablé con mi madre y ella se encargó de atenderlo. Por la tarde me informó que lo dejarían y le darían especial cuidado y ya habían notificado a la embajada de Costa Rica en Roma. Pensé en Romina, no sabía si decirle o no. La llamé para saber cómo estaba pero no me atendió el teléfono. Llamé a Valentina y le conté de la situación con Ricardo. Increíble, pero la escuché llorar. Yo no pude dormir, así que le pedí a mi madre permiso de estar en la sala de espera. Miré las caras de la gente, las familias, la tristeza abundaba en cada salón. El llanto cada cierto tiempo significaba la partida de un ser querido y empecé a preocuparme por mi madre, que trabajaba tanto y se veía agotada. La llamé y me dijo estar bien. Le ofrecí un cappuccino y ella aceptó y me dijo: «Es rico compartir un rato contigo, hace mucho no lo hacemos». Ahí sentados conversamos como hacía mucho, de verdad, no lo hacíamos. Hablamos de la vieja casa en Milán, pero el tema principal era sobrevivir a esta plaga mundial.

—Hijo, es muy triste que le pidan a uno, que le rueguen que le salven a su mamá, a su hijo, a un ser querido. Es desgarrador verlos sufrir y no saber qué hacer. Quiero que te cuides mucho, tu padre no me preocupa pues está en su burbuja en casa; deberías hacer lo mismo y estar con él y no pasar tanto tiempo con tus amigos. Con todo el dolor que nos ha causado la muerte de Andrea, me preocupo por ti. Has estado en contacto con él y ahora veo a Ricardo con los mismos síntomas.

—Madre, sé que tienes razón, pero yo no puedo abandonar a Ricardo, soy su única familia aquí, si así se le puede llamar, y ahora me preocupo por ti que estás en contacto con muchos contagiados. Sé que eres muy profesional, pero no quiero perderte.

—Hijo, sólo estoy cansada, pero no dejaré de luchar por salvar una vida. Sólo tenemos que acatar las medidas y ser responsables. Mas de ahí, hay que dejárselo a Dios.

—¿A Dios? Nunca me has hablado de Dios.

—Lo sé, hijo. Lo conocí aquí. Cuando los Doctores ya no pueden hacer más, los escucho pedir a Dios y se me parte el corazón porque Él nos tiene como instrumentos de sanación, pero no podemos salvarlos a todos y los milagros son sólo por su divinidad. No dejaré de luchar por salvar una vida.—Ni yo, madre ¿cómo voy a dejar de luchar por un hermano? Ricardo es el hermano que no tuve. En cuanto se recupere me lo llevaré, soy su única familia en Italia.

Tres días después le dieron de alta y me lo llevé a su apartamento en la planta. Lo primero que hizo fue pedirme el teléfono y llamar a Romina.

—Hola amor ¿cómo estás?

—De luto, Ricardo, sabes que me duele la pérdida de Andrea y que ahora estoy en casa. ¿Y tú cómo estás?

—Ah ¿no sabías que estaba en el hospital? Creo que me contagié o más bien, mi amigo y mi hermano Andrea me dejó advertido.

—¿Qué? ¿por qué no me avisaste? nadie me dijo nada. ¿Y Lucciano? ¿dónde está?

—Aquí, cuidándome.

—Pónmelo al teléfono.

—¿Haló?—¿Por qué no me dijiste que Ricardo estaba en la clínica?

—No te lo puedo contestar ahora, pero sabes muy bien porqué. Si tú me confesaste tu secreto del que debo tener cuidado, seguro que me encargo de cuidarte.

—¿De qué secreto hablan?

—Toma, habla con ella, tiene algo que decirte.

—Sí ¿cuál es el secreto?

—No te lo voy a decir por teléfono, es un secreto y necesito ver tu carita cuando te lo diga.

—¿Es algo malo? Ya me has lastimado mucho ¿Me harás sufrir más?

—No, Ricardo. Serás el hombre más feliz del mundo, te lo prometo. Sólo necesito que te recuperes. Ahora que Andrea no está ya no tengo miedo a nada, nadie me detendrá y haré lo que yo deseo hacer, no lo que me impongan.

—Eso me encanta, esa es mi chica, pero debo pasar unos días en cuarentena. Desearía poder verte, abrazarte y comerte a besos, pero también debo ser responsable y puedo esperar unos días para que me cuentes ese secreto que me pondrá tan feliz. Aunque sea a pesar del dolor de perder a mi hermano.

Los días siguientes ellos conversaban, pero de repente Ricardo siguió decaído, lo llevé al hospital y ahí me entregó su celular.

—Amigo, si Romina te llama dile que estoy bien y que mi celular se descargó, que yo la llamaré pronto.

Al ingresarlo al hospital, mi madre puso cara de preocupación y eso sí me asustó. La respiración era acelerada y difícil de controlar, yo quería estar con él, no había camillas, por lo que mi madre negoció para conseguir una y llevarlo al apartamento y quedarse ahí para cuidarlo. Ya un poco más estable, pedí a mi madre que descansara y se recostó y casi de inmediato se quedó profundamente dormida.

Ricardo me pidió la computadora. Estuvimos conversando un buen rato y mirando fotos desde el 2015 hasta el último viaje a Costa Rica.

Cuidé de Ricardo hasta el fatídico día en el que no me contestó y me acerqué a su habitación. Creo que estuvo escribiendo hasta su último suspiro, la computadora quedó en un último mensaje que decía:

—Me desgarra el alma dejarte porque te amo como lo prometí hasta el último aliento de mi vida. Fui, soy y seré tuyo en la eternidad; mi mariposa con ojos color de cielo. Seré tu perrito huevero como lo prometí, fueron los cinco años más felices de mi vida.

Perdóname una vez más, perdón y un millón de veces perdón… Si tuve razón alguna vez, buscaré una mariposa blanca en mi amado bosque, para que cuando vayas a visitarlo me recuerdes al verlas volar libres y recuerdes nuestros momento mágicos, y en especial quiero que recuerdes nuestras promesas, las que nos hicimos en Playa Blanca. Un corazón con tu nombre y el mío. El mar lo borró, pero el que dejamos en piedra en nuestra Isla Maravillosa, ese corazón podrá estar ahí por siglos, pero el que llevo en mi alma, perdurará una eternidad. Ahora quizá me creas; como ya ves, el milagro llegó. No hubo boda, ni para mi hermano, ni para mí. Quiero que seas feliz y que me lleves en tu corazón porque nunca dudé ni un segundo de tu amor por mí. Yo siempre supe que me amabas. Ahora sabes que iré a ver a mi hermano y juntos cuidaremos de ti. No estoy seguro de que él quiera ser una mariposa blanca, quizá quiera ser un murciélago. Te amo, Romina. No te amo con la vida porque ya ves, creo que no tendré más y no te amo con el corazón porque pronto se detendrá, pero te amo con el alma, como tú me lo decías siempre. Me hubiese gustado un día más para verte y que me dijeras lo que tenías que decirme. Escuchar que me dijeras que me amabas, pero eso ya lo sé. Andrea me lo dijo, él me lo contó antes de partir. Lucciano queda a cargo de cuidarte y también le pedí algo más, Tu decidirás por ti si lo aceptas o si harás lo que dicte tu corazón y que nadie más te imponga qué hacer con tu vida. Anda, sé feliz, porque sé que me recordarás por siempre, amada mía, siempre mía. Sí, lo sé, lo séééé…

Lloré, lloré tanto que me dormí a su lado.

Sucedió el 15 de Junio de 2020. Al día siguiente tendría que dar la noticia, el cuerpo de Ricardo lo recogió la embajada de Costa Rica para cremarlo y hacer los trámites de repatriación y además notificar a la familia. Yo pensé en hacerlo, pero ya con tantas emociones fuertes no me hacía nada bien y no me animé a ser yo quien lo notificara. Pensé que Romina sería la persona adecuada para hablar con Don Beto, antes de que un Cónsul o Embajador lo hiciera. Sabía que después de esto Romina quedaría devastada y así fue. Decirle a Romina fue difícil, pero había que hacerlo. Tardé dos meses en volver a verla, delgada y triste, pero estaba viva. Y pude de nuevo conversar con ella.

OTRA PÉRDIDA PARA ROMINA

15 de Junio de 2020

DEL DIARIO DEL NARRADOR LUCCIANO

Tras un par de días pensando cómo decirle a Romina lo sucedido, ni Valentina ni Adriano se atrevían por temor a lastimarla más de lo que ya se veía en ella. Romina me llamó:

—Hola Lucciano, hace dos días que le escribo a Ricardo y no me contesta, seguro que él está enojado conmigo, no querrá volver a mí. Debe de estar muy lastimado para no contestarme.

Yo sentía el dolor que le provocaría y no estaba preparado para darle tan terrible noticia; de la manera más sutil, le pedí que se preparara para escucharme. Ella se me adelantó y me dijo:

—Yo sé que él me perdonará cuando le cuente la verdad. Sé que volverá a mí, sé que se volverá loco como lo soñó. Dile que conteste mis mensajes, por favor —se soltó en llanto—. Dile que me perdone por favor, no se vivir sin él, ya no aguanto un día más sin verlo. Quiero ir a sus brazos, o que venga a mi ventana, no sólo que conteste el celular, quiero abrazarlo y pedirle perdón; que no me importa mi familia, que iré con él al fin del mundo. Que lo amo, que Andrea lo sabía, que todo estaba arreglado así. Ya Andrea se fue y estamos libres para amarnos como lo soñamos. Por favor, Lucciano, ve, búscalo y tráelo a mí.

Valentina y Adriano escuchaban parados a la puerta de su habitación y se acercaron para consolarla. Respiré profundo y no tuve más remedio que pedirle que se calmara, porque ya era muy tarde, demasiado tarde, y que Ricardo sabía que ella lo amaba, que no estaba enojado, que era muy feliz, pero que ya no regresaría a su lado. Que ya se había ido con su amigo y hermano del alma, que ya había fallecido.

Se desmayó. Fue imprudente de mi parte, pero yo me sentía agobiado y cansado. Había que darle prisa a este mal tiempo. Corrimos a llamar a mi madre, que llegó en pocos minutos y en el calor del momento les grité:

—¡Hay que tener mucho cuidado con el trato y las medicinas que se le den!

Después de algunas infusiones y sorbos de agua, Romina volvió en sí y se soltó en llanto desconsolada, junto a ella cayeron rendidos sus padres y mi madre. Yo no me aguanté y lloré desconsoladamente, ya me estaba acostumbrando a llorar por mis amigos, ya perdí a dos de ellos. Así estuvimos no sé cuánto, pero cuando Romina se calmó un poco me acerqué para darle un poco de ánimo.

—Yo estaré para cuidarte —le dije.

La tomé de la mano, ya no sentía aquel miedo de antes, ahora yo me sentía fuerte. Perdí a mis hermanos, pero hice una promesa y estoy listo para cumplirla y le entregué las cartas y las notas a Romina.

—Ellos se preocuparon por ti hasta el último suspiro, te amaron hasta el último aliento. Tú fuiste el último latido en sus corazones y algún día también nos reuniremos los cuatro. Por ahora hay que cuidar de un nuevo o nueva Benedetto, Corrales Benedetto. Una sonrisa con dolor y con suspiro, pero sonrisa al fin y al cabo, salió de su hermosa pero pálida y marchita cara y dijo:

—Corrales... sí, Corrales Benedetto Gwyneth Karina. Sí, será una niña... y se me hizo tarde para decirle, para darle su regalo que tanto soñó. Cómo me hubiera gustado ver su cara al saberlo —se soltó en llanto—. Quizá pudo cambiarlo todo, espero que no afecte a mi bebé todo este sufrimiento. No voy a revisar las cartas ni nada hasta que la niña haya nacido. Llamaré a Don Beto y a Doña Helena, quizá reciban gozo al saber que serán abuelos, que su amado Ricardo dejó sembrada la semilla en tierra fértil, que la sembró en su amada finca, pero nació en Italia.

—Hazlo, por favor, ayudará mucho, deben de estar destrozados. ¿Sabes? iré a su despedida. Reconfortará saber que partieron juntos, que la vida es así y se comporta de forma inesperada. La planeamos, pero puede dar un giro en cualquier momento. Aún no lo han sepultado esperando que se normalice la apertura de fronteras y comercio. Les prometí ir. Sé que tú no vendrás y no es conveniente. Necesito que te cuides y cuando nazca la bebé debemos hablar de nosotros, qué haremos a partir de la llegada de Gwyneth.

—Está bien, todo estará bien...

LUTO EN LOS BOBOS

San Carlos, Costa Rica, Junio 15 de 2020

DEL DIARIO DE JORGE LUIS

El sol salió tenue, como escondido, casi avergonzado, queriendo calentar a sus amados o queriendo esconderse del dolor. Entre nublado y llovizna con brisa suave y fría, el silencio y el espacio vacío, cortado por el ladrido angustioso de algún zaguate, quizás Virringo, ya viejo y cansado como siempre; aquel mismo que intentaron envenenar tantas veces, como tantas veces su dueña le devolvió la vida. Había varios perros en la finca, de cuido y de cacería, pero Virringo, el perrito que un día dejaron tirado frente a la casa, por caridad o por lástima, nuestra madre nunca lo dejó morir. Él se ganó el cariño por su inteligencia y gratitud. Recuerdo cada viernes que papá, don Beto, iba a Ciudad Quesada a comprar la comedera semanalmente. De las bestias, la yegua preferida del viejo era Güita, los nombres que papá les daba a sus animales eran ocurrencias suyas y nunca cuestionados. A mi hermano Ricardo le tocó salvar a su potranco, hijo de Güita. Le llamó Grillo, de lo contrario hubiese tenido un nombre extraño. Siempre que papá regresaba se veía a lo lejos, por la ventana, sobre una colina, en el serpentear del camino y a cualquiera que se le antojara gritar: «¡Viene papá, viene papá!» de inmediato se veía a Virringo salir como alma que lleva el diablo a toparle. En medio de esa felicidad sabíamos que él entendía que venía comida para él. Contaba papá que al recibirlo ponía sus patas delanteras en el estribo y parecía sonreír. Algunas veces le hicimos la broma: «¡Viene papá!» y él salía como de costumbre. Lo esperábamos de regreso y venía con el rabo entre las patas y su cabeza baja, el animal sabía que le habíamos mentido. Hoy papá regresó tarde, gritamos: «¡Viene papá, viene papá!» y el zaguate sólo se asomó, miró la colina, triste, con angustia y largo como un coyote herido. Su ladrar no nos gustó y el perro se regresó a un rincón. Eso no era bueno, papá no traía el sombrero puesto y el trote del caballo era lento, como si no quisiera llegar nunca. En su alforja, atado, su pañuelo rojo.

¿Quién se lo diría a Amelia? Ah, mi madre seguro lo hará. La compasiva de dulce voz, ella era la indicada.

Mi madre le dijo a Amelia:

—Mi niña querida, mi amor, no sé qué decirte. Sabes que los amo a ambos. Eras lo mejor para mi hijo y siempre serás una hija entre nosotros —llorando desconsoladamente y abrazada a su Amelia, confesaba—. Amo a mis hijos todos por igual, pero mi loco Ricky, mi primer y más doloroso parto, se llevó parte de mí. Yo no quería que se fuera pero era tan cabezón, nunca hizo caso, hacia lo que se le daba la gana y Humberto lo alcahueteó siempre. Yo quería verlo casado contigo, sé que él te amaba, pero tenía ideas extrañas en su cabeza. Pero lo amo y lo extraño tanto —terminó soltando el llanto de madre desconsolada.

Amelia hizo un esfuerzo por darle ánimos:

—Nena, debe ser fuerte y no se preocupe por mí. Siempre me escribió, siempre me alentó; aunque al final yo sabía que no sería para mí, él nunca me lo dijo para no lastimarme. Fue retirando los tizones de su hoguera para que se fueran apagando poco a poco, porque así de noble era su corazón. Hace unos días me escribió contándome cómo iban las cosas y a pesar de las malas noticias en todo el mundo, estaba muy positivo y pensaba en sus planes futuros. La carta, tan hermosa y bien escrita como sólo mi caballero, mi amado Ricardo la podría escribir. Siento en ella todo su amor. no sólo por mí, sino por ti, por su padre y sus hermanos, por su tierra y su profesión; por la vida, por sus amigos y su fe inquebrantable. Siempre, en toda conversación, comentaba cuánto extrañaba su bosque y en especial sus mariposas blancas. Yo siento como si me pidiera que las cuidara por él. Estaba convencido de que existe Dios, en su forma de verlo.

Sé que me amaba e imagino que a alguien más, pero lo hacía de la forma en que siempre me lo explicó; de manera dulce, sin maldad y tierno como su corazón. Ya no tendré que esperarlo y si tengo hijos, al primogénito le pondré su nombre, se llamará Ricardo. ¿Te parece?

—Sí, Amelia, en nuestra familia te amamos, me parece bien ¿Irás a la ceremonia? ¿Sabes? sus cenizas permanecerán en casa, su padre le dará una serenata. Los conozco muy bien y sé que se lo prometieron aún sin palabras.

—Sí, quiero un café chorreado con tus tortillas de queso y cuajada. Eso hubiésemos querido si estuviéramos reunidos y lo estaremos. Su hijo me embobaba siempre con su palabrería o filosofía, como él le llamaba a su forma de pensar... y yo le creí. Hasta sus mentiras le creí. ¿Y Don Beto?

—Debe estar en la poza del Remolino del Diablo. No quiere que lo vean llorar desconsolado y querrá que sus lágrimas se las lleve el río. Ahí era donde cantaban juntos y se divertían. Nadie más se animaba a jugar con el torrente de agua que se devolvía al chocar con la roca, Beto le enseñó desde niño a no tener miedo. Ellos se lanzaban juntos, desaparecían y salían en diferentes puntos de la extensa poza; tuve miedo muchas veces de que no salieran. Me preocupaba más por Beto y ya ves, ninguna madre debería enterrar a sus hijos, pero ese cabezón nunca hizo caso, con sus locas aventuras, pero una madre sabe. Travieso, inquieto y todo lo preguntaba... una sabe que va a ser diferente. Así lo amo tanto. Al caer el sol por las tardes de verano los peces saltaban y la melodiosa guitarra y la voz de ambos calmaban a las bestias de la montaña, como si reconocieran a sus amos. Me encantaba escucharlos, sus hermanos se sentaban a mi lado, eso me da calma, paz y una sensación de amor que no comprendo. Me duele de una manera dulce, como si me regocijara saber que está donde quería estar. También me enseñó a amarlo. Todos los días me daba besos y abrazos, abrazaba a sus hermanos para que no se pusieran celosos y les enseñó a dar cariño; claro que nunca fueron tan locos como su hermano mayor, pero así se siente menos su ausencia y más su presencia. Siempre me dijo, mi loquillo —suspiró antes de continuar—, me decía: «Madre, a veces hay que llorar. Llorar es la medicina para el alma». Y es verdad, por más profundo que sea el dolor, llorar es un analgésico. Cuánto me duele perderlo —juntas se unieron en un abrazo y llanto desconsolado.

—Sí me hace falta verlo y sentir sus latidos —dijo Amelia—. Amaba cuando me tomaba de la mano y me llevaba a los Corteza, desde allí mirábamos la llanura y la grandeza del Río San Carlos al caer el sol. Recogía flores silvestres, bromeaba mucho con Labios de Mujer y eso era muy romántico para mí; eran más hermosas que cualquier arreglo de rosas de los que se compran. Me regocijaba en su pecho mientras murmuraba alguna canción. Era como si esperara algún acontecimiento extraordinario, no importaba el tiempo que pasábamos juntos, horas, días, meses, años. Fue maravilloso y siento que no morirá, cada año iré a la loma a ver florecer los árboles de Corteza. El de flores rosadas me gustan más y él prefería las amarillas. A menudo cabalgo para recordarlo y me acerco al borde de la montaña Los Bobos, donde nace el río. Ahí aparece muy a menudo su mariposa blanca de ojos azules. Me dijo que era el refugio de las almas buenas al morir y que él vendría como la más grande de todas a posarse en mí y me besaría. Sólo por eso valdrá la pena vivir. Y nos pidió cuidar su bosque y ya lo hemos hablado. No se talará y pasarán muchas generaciones y todas deberán seguir el mandato de cuidarlo por un amor que parecía no tener sentido y que sólo era un sentimiento dulce y tierno, aun sabiendo que él nunca me amaría, o al menos que mi aliento nunca encendería ese corazón como lo hizo alguien más. Pudo haberse quedado aquí, pero de cualquier manera lo hubiésemos perdido si es como él lo sentía en su corazón, que todo pasa por algo y Ricardo no se preparó para perder una batalla. Me basta con haberlo conocido, con haberlo abrazado y haber jugado y reído juntos. Su única promesa fue llevarme en su corazón por siempre, hasta la eternidad. Dije que le creí hasta sus mentiras, porque cuando ella vino, parecía no estar conmigo. Nunca estuvimos juntos, fuimos sólo amigos, porque nuestros lugares favoritos también lo fueron para ella. Creo que Ricardo no tardaría mucho en decirme la verdad, se le veía en sus ojos el brillo al hablar de Romina y la pena de no poder ofrecerme lo mismo a mí. Pero de que me quería y me respetaba, eso también lo sentía y no hubo problema; por su forma de ser, lo querré por siempre. él la conoció porque estaba trazado que sucedería.

—Hija, tú eres lo mejor que podía haber en su vida. Él se merecía todo lo mejor del mundo y lo buscaba sin claudicar. A veces me pregunto cómo habrá sido en su trabajo.

—Vamos, dejemos que él venga cuando quiera. Nuestros sentimientos le pertenecen.

—Vamos, camina, que ya deben de estar preocupados.

Marzo 25 de 2021

Esa no era la manera que quería de hacer un tercer viaje a Costa Rica, pero ahí estuve para despedir a mi amigo y mi hermano. Han pasado nueve meses desde su partida y mientras a él lo despedimos y al polvo vuelve, de su linaje alguien está pronto a llegar. Camino al camposanto iba todo el pueblo y llegaron muchos de otros lugares a dar el último adiós a un soñador, un chico querido y amado por todos. Lo que él llevaba en su corazón yo lo llegué a conocer. Yo leí su diario, yo le juré cuidar de Romina por siempre y fui el confidente de ambos. Se fue sin saber que tuvo lo que soñó, a la hija que vio en sueños. Ahora cuidaré de ella como si fuera mía, ella me dirá papá. Su madre no me ama, al menos como amó a Andrea y a su Chef. Pero ella me quiere y yo me conformo con verla y cuidarla como lo prometí. Sobrevivimos a una crisis mundial con millones de historias de dolor y de superación sin precedentes. Una transformación obligada, dejar la vida por un amor, por una pasión, por un sueño. Al final de cada día, seguir viviendo. Sé que Romina llora en silencio y se abraza a su hija y le habla de un país de vida multicolor, de cómo un gusanito se transforma en una hermosa mariposa. Yo algún día le contaré una historia, le hablaré del pasado cuando ella esté lista para comprenderlo. Romina solamente la acariciará, la educará y la guiará. Veo el regocijo de tener el fruto de sus momentos mágicos y no me siento mal por ello, me siento bien de verla feliz y yo estaré a su lado para apoyarla y nunca estarán en peligro. La niña se llama Gwyneth Karina Corrales Benedetto, con el apellido de su padre, así lo hemos decidido juntos. El día que Gwyneth pregunte por qué no es Bonardi ¿y por qué Corrales? ese día estará lista para saber la historia de amor de la cual ella es el fruto.

DEL DIARIO DE ROMINA

Noviembre de 2022

Pronto cumpliré 22 años. Cada cumpleaños será un día extraño para mí, los más hermosos recuerdos serán por mucho mis quince años, cuando te conocí, y lo más amargos es saber que no estás aquí. Han pasado casi dos años de tu partida. Las fronteras abiertas y la vida cotidiana a un ritmo menos acelerado pero casi normal. La mitad del mundo continúa con mascarillas, creo que el mundo está como todos: convaleciente después de una operación con mucho cuidado y esperando su pronta recuperación. Por fin me animo a visitar la finca y presentarle mi niña a la familia, lo cual ha sido todo un evento fantástico. Doña Helena lloró y está que no la deja sola ni un momento.

—Cómo se parece a ti, Romina, no sacó nada de Ricardo. Pero qué niña tan hermosa, qué ojos tan maravillosos tiene. Mi Ricky se hubiera vuelto loco con esta criatura tan bella —yo sonreí y pensé en lo que me diría mi amado: «Sí, lo sé, lo sééé...»

Lo primero que hice fue ir a la cabaña con la bebé. Le puse unos jeans, sus botitas de hule, una blusita rosada y un sombrerito vaquero. Lleve una porción de azúcar e iría a charlar con el bosque y con los árboles de Corteza que estaban ahí esperándome con su manto de flores amarillas y un poco de rosadas. Me puse mi vestido amarillo. Los Corteza, al verme, parecían sonreír y que abrían sus ramas y me daban la bienvenida y dejaron caer una nube de flores amarillas que tanto le gustó a Gwyneth. Creo que el espíritu de mi amado los sacudió.

Ya en la cabaña me fue difícil iniciar esta conversación con él y mis recuerdos, tan vivos como si fuera ayer. Ahogada en llanto en la ventana de la cabaña, mirando el bosque, empecé a confesarme con ese nudo en la garganta que no me dejaba ni respirar.

—Ricardo, amor mío, no sabes cuánto te extraño, no sabes cuánto te amo y cuánto te recuerdo. Me casé al final con Lucciano, tal y como se presentó el destino y como le pediste a tu amigo que lo hiciera. La verdad, cuando estoy con él pienso en ti. Lucciano está ahí, pero tú estás en mi corazón, en mi alma y en mi mente. Lucciano lo sabe, yo lo quiero y lo cuido, pero desde el principio quedó claro que mi amor por ti sería eterno, pero que seguiría viva por nuestra bebé y él aceptó todo tal y como yo lo decidí y tal y como te lo prometió, de cuidarme. Sé que el disfruta llevar esta vida de este modo, él se siente bien haciéndome sentir bien. Estoy aquí con el alma hecha pedazos, pero feliz de poder hablar contigo, con tu bosque y recordar tantos momentos mágicos que pasamos juntos. Vine a darte las gracias por darme tus mejores cinco años, sé que fueron los mejores para ti y yo también siento que en mi vida sólo viví cinco años, los años que pasé contigo; los demás solo existí, existo y existiré porque tengo tu regalo que me llena la vida. Vine a agradecerte, tal y como me enseñaste a hacerlo. Bendito Dios por ponerte en mi camino, por haber existido. Al final entendí y Él entró en mi para darme paz. Te amo, Ricardo, te amo. Te escribí, te llamé y no pude encontrarte para verte, para decirte que serías papá y para ver tu carita al saberlo; para amarte y comerte a besos, para decirte que era tuya, que te pertenecía, que ya no me importaba nada ni nadie más que tú y nuestra niña...

Rompí en llanto y me desplomé, tirada en el piso. El Bosque quedó mudo.

—Es tu sueño tal y como me lo pediste, tal y como lo imaginabas y tal y como la soñaste. Y como en tus sueños llegamos a ti y de igual manera nos alejamos. Intentamos alcanzarte y no lo logramos, pero tu semilla germinó y aquí están tus mariposas blancas de ojos azules. ¿Sabes qué? el día que te despidieron tus amigos y familiares, ese mismo día nació tu bebita que ahora casi cumple 2 añitos. Y aquí en tu bosque, aquí estamos tus mariposas blancas de ojos azules color de cielo y he venido para presentártela, donde siempre se reúnen por ti y para ti. Te amo, Ricardo. Te siento como si estuvieras aquí.

Afuera, sentada sobre un tronco frente al bosque, Gwyneth llama: «Mami, mami, mami...»

Corrí asustada pensando que algo malo le pasaba a la niña y observé asombrada: una mariposa. Sí, una gran mariposa blanca se posaba en su manita y revoloteaba a su alrededor posándose en su cabecita.

—Déjala —le dije—, sólo quiere verte, no la vayas a lastimar.

Me senté a su lado perpleja, recordando las pláticas con Ricardo. Tomé un poquito de azúcar y la puse en las mejillas de Gwyneth tomándola hacia mí y la mariposa llegó a besarle sus mejillas rosadas. Llegaron otras e hicieron un baile maravilloso en el aire. «Fantástico —pensé—. Mi vals, el vals de las mariposas». Tomaron sus cristales dulces y partieron pero la grande aún seguía posada en mi niña; yo entendí que no quería irse y la dejé estar. Como pude, con lágrimas que me cegaban, le dije:

—Es tu hija —con mi llanto entrecortado por suspiros, como si me faltara aire al respirar—, es tu hija... se llama Gwyneth Karina, como me lo pediste. Gwyneth Karina Corrales Benedetto, porque es nuestra hija, tuya y mía. No me dio tiempo para decírtelo, perdóname; quizá todo hubiese cambiado, quizá aún estarías aquí con nosotras. Te seguí escribiendo, pero no me respondías, te lo conté todo pero no te enteraste; fue demasiado tarde y así se dieron las cosas. Pensaba que estabas enojado conmigo y que no querías perdonarme, pero te busqué para explicarte y darte este regalo.

La mariposa parecía estar escuchando cuando de pronto se desplomó y cayó suave al césped. Gwyneth exclamó: «¡Mami, mami, mami!» señalando a la mariposa en el piso. La niña aún no hablaba, sólo acertaba a decirme «Mami» por lo que supuse que la niña pensaría que la mariposa había muerto y le dije: «No, no se murió, se quedó dormida de tanto comer azúcar». La levanté con mucho cuidado, la posé en una pañoleta mía y la llevé de regreso conmigo. Tenía una idea de lo que pasaba, a estas alturas todo lo fantástico que me había contado Ricardo, que supuse eran sus mentiras, estaban sucediendo y supuse que su energía había dejado las alas blancas para ser parte del alma de algún niño.

Tenía pocos días en la finca y decidí regresar de inmediato. Le pedí disculpas a la familia de Ricardo por mi abrupta salida y que volvería pronto para que disfrutaran de su nuevo miembro familiar. Ya han sanado las heridas y están involucrados en las labores del campo, sus cultivos hermosos, sanos y productivos. Han saldado las deudas, viven alegres, no con la misma felicidad de antes, pero con el movimiento diario de atender el campo y sus cultivos. La finca es más grande, ahora rodea todo el bosque y Amelia se ha casado con Jorge Luis, sí... el hermano de Ricardo. Él es ahora el hermano mayor y mano derecha de Don Beto y están esperando su primer hijo, un primito para Gwyneth, y se llamará Ricardo.

¿Quién lo hubiera imaginado? Ellos y Doña Helena se esfuerzan por atenderme y que me quede, me encantaría, pero no. Lo mejor es no estar aquí rodeada de tantos bellos recuerdos, debo alejarme un poco, más que todo por respeto a Lucciano. Pero les prometí que traeré a Gwyneth todos los años a visitarlos y de paso a visitar a sus mariposas. Por mí me quedaría, pero hay una vida que continuar. Lucciano y yo atendemos los negocios que un día serán para nuestra hija y demás generaciones, aunque por donde camine en mi país habrá recuerdos también y lo llevaré en mi corazón por siempre, hasta poder reunirme con él en el cielo de las Mariposas.

Don Beto me afirma que Los Bobos le pertenecen a Ricardo y ahora a Gwyneth, fue una promesa y es su legado que estará en el testamento. Me comenta que lo convertirán en refugio de vida silvestre y además llevará el nombre de su amado hijo: "Refugio de vida silvestre Ricardo Corrales".

—Wow, qué orgullo, les agradezco tan bello gesto. Mi hija estará orgullosa y muy feliz de tener un lugar propio donde meditar y pensar igual que su padre. Porque ella sabrá que su padre la amó tanto como a su bosque.

Me las ingenié para llevar la mariposa de inmediato a Italia, donde el mismo día visité al taxidermista y le supliqué que se diera prisa. No quería que se marchitara su color brillante ni se lastimaran sus frágiles alas.

¿Que cómo lo hice? Pues bueno, Ricardo y yo fuimos expertos en camuflaje: Compré 5 mariposas artificiales de diferentes colores, que además me sirvieron para proteger a mi amado. Estando en el proceso pedí hacer un cubo de cristal con una ramita seca de corteza por dentro, agregué aquel collar de ámbar que me regaló en República Dominicana y que nos dijo que era para que nunca lo olvidáramos, también el que le dio a Andrea. Los dejaré allí para que no se pierdan, ni se deterioren con el tiempo y como promesa de que nunca lo olvidaré. Y la ramita, los Corteza me la ofrecieron, aunque no me lo crean. El cubo tendría un corcho en su parte superior para sacar el oxígeno e inyectarle un conservador.

La verdad es que me quedó encantador, aunque yo sabía que era sólo su ropaje, pero me mantendría viva y me fascinaba verla acompañada de aquellas canciones que me cantó y me dedicó. Un extraño sentimiento de gorrioncitis invadió mi estómago y me solté a llorar, tan dulce y amargo, tan profundo que me gustaba sentirlo; estaba experimentando el verdadero amor en toda su esencia. ¿Cómo algo tan triste y doloroso puede causar una sensación tan dulce y agradable? Por fin entendí lo que es amar y si esto hubiese pasado antes de la boda, antes de mis veinte cumpleaños, yo hubiera cambiado todo. Si hoy tuviera esa oportunidad, dejaría mi tierra, mi familia, sin importarme; correría a ese bosque gritándole: «Ricardo, amor mío, ven, soy tuya, te pertenezco y nada ni nadie me haría cambiar este amor por ti. ¿Por qué no sentí esta locura antes de tu partida? ¿antes de lastimarte? No fue mi intención hacerte sufrir y hoy estoy tan arrepentida. Fui una cobarde, debí dejarte enfrentar a mi familia. Sé que tenías el coraje, las agallas, pero yo te lo impedí. Eras tan educado y respetuoso que permitiste que te frenara. Por no lastimarme te lastimaste. Yo corté tus alas».

Mientras miraba mi cubo de cristal con dos botellas de vino a ambos lados, nuestros vinos, de repente entra Gwyneth a la habitación y dice: «Mami, mami...». Sequé mis lágrimas para que no mirara que estaba llorando y para que no se sintiera triste y exclamé: «Ven, mi amor...» extendiendo mis brazos abiertos. «Mi niña hermosa» la abracé y murmuré entre sollozos:

—Mi amor, te amo, te amo mucho, no sabes cuánto; tanto como amo a tu padre...

—La niña me tomó de las mejillas con sus suaves manitas, me miró con una mueca conocida en su carita, mordiendo su labio inferior, esperó unos segundos y me dijo: «Sí, lo sé, lo sééé...».

FIN

Epílogo

Esta historia no ha sido fácil de contar. Me ha sido difícil recoger los retazos de vida de sus actores, incluidos los del escritor y poder narrarla. La transformación en un abrir y cerrar de ojos, la gente siempre enfocada en sus cosas, sueños y tareas. Nací en Milán, por motivos de trabajo mis padres se trasladaron al Valle D' Aosta, al norte de Italia, allá por el 2015. Ya en la secundaria, rondando mis dieciséis, tuve la dicha de conocer a Romina y Andrea; con el paso del tiempo creció esa amistad tanto como si fuésemos familia. Hoy han pasado casi siete años y aún conservo sus cartas, sus diarios, fotos, videos, relatos y mis memorias, que todas juntas formaron esta historia y no dejé que se las llevara el mal tiempo. Nací para ser periodista, no para ser escritor, pero de millones de historias en el mundo me ha tocado escribir la propia; al menos una parte de un antes y un después, desde el día en el que conocí a mis amigos, grupo al que ingresé por alguna razón, no por casualidad, para una transición repentina. Viajar con ellos al Caribe y a Costa Rica y a muchos lugares de mi Italia adorada, enamorarme de la vida y de su gente, en especial de una mariposa y dos o tres mariposas más. Y hoy comprendo que la vida tiene que seguir, que algo maravilloso, bello y mágico puede pasar si sobrevives a la tormenta, a una tragedia y en este caso a una crisis mundial. Entender la vida es muy complejo y simple, hay que vivirla al máximo cada día y esperar lo mejor del mañana. Cada ser humano, en compañía de amigos y seres queridos, escriben una historia; todo tipo de historias, unas más profundas que otras. Eso me enseñaron mis amigos, con quienes empezamos juntos aquel viaje.

Estimado lector, usted mejor que nadie me entenderá. No me pregunte cómo. Verá, me llevó tiempo acomodar las fichas de este rompecabezas, cada día es un capítulo en nuestras vidas. Nadie puede vivir el mañana, vives el presente y recuerdas el ayer. No puedes cambiar el pasado, pero puedes preparar el futuro. Causa y efecto. Todo lo que haces hoy tendrá un resultado a futuro, los fracasos y la historia sirven para corregir. Si tienes recuerdos lindos puedes continuar y alcanzar una vida plena, los fracasos sólo te servirán si corriges el camino; sólo ten cuidado con lo que deseas, visualízalo y prepárate a recibirlo. No siempre llegará el pedido como lo quieres, pero llegará. Quien me enseñó este relato fue la mejor persona que pudo cruzarse en mi camino y quien transformó mi vida. Él no lo supo. Lo quería todo para él pero fue él mismo quien me entregó su propio tesoro, tesoro que encontró en el 2015 y lo sembró en La Isla del Tesoro, la Isla del Coco y me dejó su fruto en el 2020. Gwyneth es el tesoro del Pirata Ricardo.

www.ingramcontent.com/pod-product-compliance
Lightning Source LLC
LaVergne TN
LVHW091542060526
838200LV00036B/671